Beziehungskompass

Ein praktischer Guide für glückliche Partnerschaften

Beziehungskompass
Ein praktischer Guide für glückliche Partnerschaften

Ein Poet
Kadir Demir
Instagram @**ein_poet_official**

Kadir Demir

Beziehungskompass
Ein praktischer Guide für glückliche Partnerschaften

Ausgabe Januar
2024
Dieses Buch wird noch weiterhin verbessert.

Entdecke noch mehr von mir und meiner Arbeit. Unter anderem kostenlose Bücher, spannende Kurse und vieles mehr.
Ein QR Code für alles.
Einfach mit dem Handy scannen.

Das Gesetz der Anziehung
3 Stunden Online Kurs mit mir

Das Gesetz der Anziehung besagt, dass Gleiches: Gleiches anzieht. Mit anderen Worten: Das, worauf du deine Aufmerksamkeit richtest, ziehst du in dein Leben. Dieser Kurs bietet dir nicht nur ein tiefes Verständnis dieses Gesetzes, sondern auch praktische Anleitungen, wie du es bewusst nutzen kannst, um positive Veränderungen in verschiedenen Lebensbereichen zu manifestieren.

 **Mehr Infos**

Scan mich!

Spare 20% mit POET20 beim Kauf. Rabatt gibt es nur in Kombination mit diesem Buch!

Kadir Demir ist ein türkisch/deutscher Autor und Schriftsteller. Er ist bekannt für seine Bestseller "A self-love catalog" und "Emotional freedom journal".

Kadir Demir wuchs in ärmlichen Verhältnissen als jüngster Sohn von sieben Kindern auf. Er absolvierte zunächst die Hauptschule und setzte seine Bildung fort, indem er die Realschule besuchte. Anschließend erlangte er sein Fachabitur im kaufmännischen Bereich.

Im Jahr 2021 machte Kadir Demir seinen Namen als Autor bekannt. Er veröffentlichte zwei Bestseller: "A self-love catalog" und "Emotional freedom journal". "A self-love catalog" erreichte in sieben verschiedenen Kategorien den ersten Platz und "Emotional freedom journal" den zweiten Platz.

Kadir Demir führt ein ruhiges Leben und hat seinen Wohnsitz in Esslingen, nachdem er 2019 von Reutlingen dorthin gezogen ist. Er beschäftigt sich überwiegend mit der Arbeit über Achtsamkeit, Spiritualität und emotionale Intelligenz.

Kadir Demir hat mit seinen Büchern einen wichtigen Beitrag im Bereich der Persönlichkeitsentwicklung und emotionalen Intelligenz geleistet. Seine Werke haben zahlreiche Menschen dazu inspiriert, sich mit Selbstliebe und emotionaler Freiheit auseinanderzusetzen. Durch seine Schreibweise und seine authentische Herangehensweise hat er eine große Leserschaft gewonnen und seinen Einfluss in diesem Bereich weiter ausgebaut.

Erst wenn wir erkennen, dass wir nicht perfekt sind und uns unseren Gefühlen hingeben, verlieren sie ihre **Macht** *und* **Kraft** *über uns.*

Dann wird dir klar, dass der **Heilungsprozess** *beginnt.*

Kadir Demir

Inhaltsverzeichnis

1 Einleitung

Hey du, Beziehungsprobleme – kennt jeder. Als wär es das Sahnehäubchen auf dem Kuchen, oder? Dabei sind sie so ein bisschen wie die Würze in einer Beziehung. Manche Paare gehen daran kaputt, andere würden ohne diese Ups and Downs gar nicht existieren. Die Krise hat nämlich auch ihr Gutes: Sie bringt Schwung rein und pustet mal ordentlich durch. Hier in diesem Buch stell ich dir die typischen Beziehungsprobleme vor und wie du sie geschickt aus dem Weg räumen kannst, bevor sie deine Beziehung ins Wanken bringen. Ich erklär dir ganz anschaulich, wie ihr zusammen eine Lösung finden könnt. Und dazu gibt es jede Menge praktische Tipps, die du für dich und deine Beziehung nutzen kannst. Ob du das Buch am Stück durchziehst oder es dir in der Krise immer wieder schnappst – viel Spaß und Erfolg damit! Alles Gute für deine Beziehung!

2 Umgang mit Unzufriedenheit in der Beziehung

Viele Frauen und Männer, die auf meinem Instagram-Account landen, hängen meistens in ihrer Beziehung fest und haben Angst, dass das Ding vor die Hunde geht. Aber oft vergisst man, warum man eigentlich so mies drauf ist. Es gibt einen Haufen Gründe, warum Pärchen nicht auf Wolke 7 schweben. Wichtig ist, dass ihr beide mal checkt, warum es bei euch hakt. Schließlich sind bei einer guten Beziehung immer zwei am Start. Also, in diesem Kapitel zeig ich euch, was ihr dagegen tun könnt. Es ist echt möglich, aus dem Schlamassel rauszukommen und sogar eurer Beziehung einen Boost zu geben. Aber was ist überhaupt das Problem mit dem Unglück? Das klär ich im nächsten Abschnitt.

2.1 Die Erkennung von Unzufriedenheit

Unzufriedenheit kommt meistens nicht aus dem Nichts, sondern hat einen konkreten Auslöser und beschreibt so einen andauernden Zustand der Missmutigkeit. In den meisten Beziehungen, die ich so mitkriege, gab es in der Vergangenheit irgendwelche Vorfälle, die zu dem Drama geführt haben. Unglückliche Beziehungen entstehen also nicht über Nacht, sondern entwickeln sich so nach und nach. Das kann mit einer kleinen Meinungsverschiedenheit starten und sich dann langsam zu einer echt ungemütlichen Beziehung mausern. Wenn dann noch zusätzliche Bedürfnisse auftauchen, die nicht gestillt werden, wird es erst recht tricky. Denk an Sachen wie zu wenig Action im Bett oder einen Mangel an Freiraum. Auch ständiges Gemecker über den Musikgeschmack des anderen kann ziemlich nerven. Das häuft sich halt an und irgendwann fühlt man sich einfach richtig unwohl in der Beziehung. Wenn dieser Zustand länger anhält, wird es Zeit, sich klarzumachen, dass du nicht auf Wolke 7 schwebst.

2.2 Ignorieren oder selbst aktiv werden?

Also, jetzt stellt sich natürlich die Frage, ob du diese Anzeichen einfach ignorieren oder lieber selbst das Steuer in die Hand nehmen solltest. Das ist eigentlich easy zu erklären, weil die Logik dahinter simpel ist. Meistens kommt die Ahnungslosigkeit durch Gedanken wie: "Eigentlich läuft die Beziehung nur, wenn ich jetzt was ändere. Es besteht die Gefahr, dass es in der Zukunft nicht mehr so rosig aussieht oder eine Trennung unvermeidbar ist." Klar, diese Gefahr besteht, aber eine coole Partnerschaft kann nur klappen, wenn beide sich wohlfühlen. Deshalb ist es echt wichtig, selbst die Initiative zu ergreifen und was gegen die Schwierigkeiten zu tun. Du musst die Gefahr für dich und die Beziehung klar sehen und dementsprechend handeln. Nur so hast du eine Chance, langfristig wieder glücklich zu sein. Und nur so kann man eine wirklich zufriedene Beziehung führen.

2.3 Ehrlichkeit sich selbst gegenüber

Sei auf jeden Fall ehrlich zu dir selbst und gesteh dir das Problem ein. Zugeben, dass eine Situation für dich persönlich nicht so cool ist, ist der erste Schritt, um wieder auf die Glücksstraße zu kommen. Viele

Frauen, die ich berate, sehen die Gefahr nicht rechtzeitig. Das heißt oft, dass es zu spät ist, noch was zu ändern. Je länger du wartest, desto kniffliger wird die Lage. Unglückliche Beziehungen werden durch mehr Unglück, Traurigkeit und negative Vibes nur noch angefeuert. Wenn du nicht die richtigen Moves machst und Entscheidungen für oder gegen die Beziehung triffst, werden deine eigenen Gefühle immer mehr gestärkt. Wir stecken oft im Dilemma: Wir wissen, dass eine unglückliche Beziehung mega viel Stress bedeutet, aber wir können uns nicht durchringen, eine Entscheidung zu treffen. In der richtigen Situation ist eine Trennung oft genauso schmerzhaft wie das Verharren in der Beziehung. Warum? Weil du noch nicht sicher bist, dass du wieder glücklich sein kannst, und deshalb ständig mit dir selbst im Clinch liegst.

Egal, wofür du dich entscheidest, wichtig ist nur, dass du eine Entscheidung triffst. Auch nach einer Trennung besteht die Chance, dass du wieder glücklich wirst. Das mag erstmal absurd klingen, denn klar, eine Beziehung hat definitiv positive Seiten, sonst würdest du nicht so lange drinstecken, oder? Wie auch immer, treffe eine klare Entscheidung. Wenn du für einen Neustart in der Beziehung bist, vielleicht sogar von Grund auf, dann zieh das durch. Falls du dich aber für eine Trennung entscheidest, dann sei konsequent dabei. Stillstand wird dich nur weiter unglücklich machen und die unglückliche Beziehung noch fester verankern.

2.4 Gründe und hilfreiche Tipps

Wenn du den Schritt wagst und dich in eine Beziehung stürzt, musst du die Gründe checken und aktiv was daran ändern. Nur so kann die Sache auf Dauer klappen. Die Gründe können so Sachen sein wie:

- Miese Kommunikation
- Lahmer oder gar kein Sex
- Zu wenig gemeinsame Erlebnisse
- Zu wenig Freiraum
- Vertrauensmangel

- Hardcore-Eifersucht

Jetzt will ich die Gründe mal ein bisschen auseinandernehmen und dir ein paar Tipps dazu geben, wie du mit den jeweiligen Situationen umgehen kannst.

Mangelnde Kommunikation

Okay, check mal: ein häufiger Grund, warum manche Frauen in ihren Beziehungen nicht so gut drauf sind, liegt oft daran, dass sie zu wenig sprechen. Einfach zu wenig Austausch. Offene Kommunikation bedeutet, über den täglichen Kram zu sprechen, Probleme anzusprechen, Zukunftspläne zu schmieden oder einfach über Wünsche und Träume zu schnacken. Kommunikation ist echt das A und O in einer Beziehung. Sie baut Vertrauen auf, nimmt Ängste und entschärft Stress. Wenn in einer Beziehung der Gesprächsstoff fehlt, ist das echt nicht der Bringer für das Paar. Manchmal merkt man nicht mal, dass es an Kommunikation hapert, weil man den ganzen Alltagskram einfach so mitnimmt, ohne ihn richtig zu klären. Dadurch stauen sich Probleme an, die dann wie ein Vulkan ausbrechen. Oft sind das eine Ansammlung von Problemen und das Fehlen von klarem Austausch miteinander sind da der Auslöser.

Wenn du also merkst, dass ihr nicht genug miteinander redet, zieht mal bewusst einen Schwatz los. Besprich mit deinem Partner aktiv Themen, die vielleicht einen längeren Talk benötigen. Auch die Organisation einer Reise oder einer angesagten Feier kann zu verstärkter Kommunikation führen. Unkomplizierte Anfragen, die nicht bloß mit Zustimmung oder Ablehnung erwidert werden können, erweisen sich ebenfalls als ausgezeichnete Möglichkeiten für einen gelungenen Gesprächsauftakt. Bleib also aufmerksam und halte die Kommunikationswege mit deinem Partner offen!

Schlechter Sex

Wenn der Sex nicht so aufregend ist, liegt das oft daran, dass es an Abwechslung fehlt. Die eintönige Routine, die sich über die Jahre einschleicht, kann den Spaß echt zerstören. Zum Beispiel, wenn am Freitagabend im TV eh nur Langeweile läuft. Das ist oft der Grund, warum einer in der Beziehung nicht so happy ist, besonders wenn die Geschichte schon eine Weile läuft. Also, warum nicht mal etwas kreativer werden? Denk dir einfach mal was Neues aus. Der Küchentisch muss schließlich nicht die nächsten 20 Jahre nur fürs Essen herhalten. Ihr könnt auch mal die gewohnte Umgebung verlassen und draußen zur Sache kommen. Umkleidekabinen, Autos und sogar Whirlpools können einen eigenen Reiz haben und frischen Wind ins Schlafzimmer bringen. Und wenn es romantischer sein soll, wie wäre es mit einem gemütlichen Abend am Meer?

Wenig Action

Ein weiterer Grund, warum viele Leute in ihren Beziehungen nicht so glücklich sind, ist der Mangel an Freizeit. Ich hör oft von Frauen, dass sie und ihr Freund die Wochenenden nur zu Hause sitzen und den Großteil ihres Lebens auf der Couch verbringen. Wenn das für euch beide okay ist, dann ist es cool. Aber oft ist mindestens einer von euch mit der Situation nicht so happy. Warum nicht einfach mal den Partner schnappen und was zusammen unternehmen? Ab ins Kino, klettern, Kanu fahren, gemeinsam abfeiern, Go-Kart fahren, eine Runde shoppen, den Zoo checken oder einfach bei schönem Wetter ein Picknick machen. Ihr könnt eure Freizeit auch mit ein paar Freunden verbringen. Das bringt gute Laune und pusht die Freundschaften. Wenn ihr dazu noch ein paar Fotos mit einer Kamera, einem Smartphone macht, habt ihr auch schöne Erinnerungen an die Zeit. Klingt easy, aber die wenigsten nehmen sich wirklich die Mühe dazu.

Wenig Freiraum

Ein zusätzlicher Grund, weshalb Unzufriedenheit in einer Beziehung aufkommen kann, besteht darin, wenn dein Partner dir Dinge verbietet. Zum Beispiel, wenn er dir nicht erlaubt, auf Partys zu gehen oder deine männlichen Freunde zu treffen. Das kann schnell zu einem beklemmenden Gefühl führen, möglicherweise sogar zu einem Gefühl der Gefangenschaft. In solchen Situationen musst du mit deinem Partner sprechen. Versuche einfach, die Situation mit ihm zu besprechen und ihm mitzuteilen, dass du mehr Freiraum brauchst. Mach deutlich, dass dich die Situation unglücklich macht, dass du dich eingeengt fühlst und dass eine Veränderung dringend erforderlich ist. Dein Partner sollte dir auch nicht ständig ein schlechtes Gewissen bereiten, wenn du beispielsweise Zeit mit Freunden verbringen möchtest. Es ist äußerst wichtig, dass jeder den nötigen Freiraum bekommt.

Misstrauen

Ebenfalls kann ein mangel an Vertrauen in einer Beziehung zu einer Phase der Unsicherheit führen. Oft kommt fehlendes Vertrauen vor mangelndem Freiraum. Das fehlende Vertrauen kann dazu führen, dass dein Partner versucht, dich zu kontrollieren, dich einzuengen und dir wenig Spielraum lässt. Dabei sollte Vertrauen eigentlich das Herzstück einer Beziehung sein. Nur durch gegenseitiges Vertrauen kann eine langfristig schöne Beziehung entstehen. Versuch mal deinem Partner klarzumachen, dass Vertrauen echt essentiell für den Fortbestand eurer Beziehung ist. Denn nur wenn ihr euch wirklich vertraut, könnt ihr auf Dauer richtig glücklich sein.

Übermäßig viel Eifersucht

Auch das Fehlen von Vertrauen kann erheblich das Glück in einer Partnerschaft beeinträchtigen. Dies resultiert häufig aus Ängsten, den geliebten Menschen zu verlieren. Diese Furcht vor Verlust kann durch negative Erfahrungen in der Vergangenheit des Partners ausgelöst worden sein. Die Betroffenen fürchten, erneut einer schmerzhaften Situation ausgesetzt zu sein. Im Grunde genommen möchte der Partner einfach nur vermeiden, dich zu verlieren. Eifersucht entspringt auch oft einem geringen Selbstwertgefühl. Wenn jemand sich selbst nicht wertschätzt und liebt, neigt er dazu zu glauben, dass andere attraktiver, kompetenter und intelligenter sind als er selbst. Doch Eifersucht stellt eine erhebliche Belastung für eine Beziehung dar. Kontrollverhalten und Einschränkungen kommen dann oft von selbst ins Spiel. Um Eifersucht langfristig zu überwinden, ist es entscheidend, das Selbstwertgefühl des Betroffenen wieder aufzubauen. Die Ursachen für die Eifersucht liegen nicht bei dir, sondern beim Betroffenen selbst. Diese Erkenntnis ist entscheidend, um Eifersucht nachhaltig zu bewältigen. Therapeutische Maßnahmen spielen dabei eine entscheidende Rolle. Therapeuten unterstützen dabei, das Selbstwertgefühl durch Selbstreflexion wieder aufzubauen. Der Betroffene lernt, sich selbst zu akzeptieren, die positiven Seiten an sich zu erkennen und Selbstakzeptanz zu entwickeln. Auf diese Weise kann Eifersucht in einer Beziehung langfristig überwunden werden und zu einem gewissen Grad das Glück steigern.

2.5 Neuanfang zu zweit oder alleine?

Auf jeden Fall eine Sache, die du machen solltest, ist, mit deinem Partner über die Gründe zu sprechen. Nur so kann man aktiv dran arbeiten. Und nur so weiß dein Partner, was genau dich beschäftigt und vor allem warum. Dann könnt ihr zusammen an einer Lösung arbeiten und die Probleme angehen. Oft hilft auch eine Runde Gesprächstherapie bei einem Paartherapeuten. Ihr könnt einen entweder alleine oder zu zweit besuchen, um eure Probleme in der Beziehung zu besprechen. Klar, da müssen beide einverstanden sein und die Probleme anerkennen. Denn bei der Gesprächstherapie ist eine aktive Beteiligung wichtig, und das klappt nur, wenn du und dein Partner wirklich dafür bereit seid.

2.6 Trennung als letzter Ausweg

Wenn du wirklich keinen Ausweg mehr in deiner Beziehung siehst, könnte eine Trennung oft die einzige Lösung sein. Aber auch darüber solltest du mit deinem Partner sprechen. Vielleicht sieht er ja noch eine Möglichkeit, wie ihr die Beziehung wieder aufpäppeln könnt. Falls das echt der richtige Weg für dich ist, dann rück erstmal mit "Ich-Botschaften" raus und erkläre, warum du keine andere Option mehr siehst. Zum Beispiel so wie: "Ich bin in unserer Beziehung unglücklich, weil..." und "Deshalb hab ich mich entschieden, dass..." Nur so kann dein Partner das Problem verstehen und darauf reagieren. Aber eine Trennung sollte in der Regel wirklich die letzte Option sein. Oft kann man durch einfach Kommunikation mit dem Partner viel Positives erreichen, ohne gleich mit der Tür ins Haus zu fallen.

2.7 Fazit

Manchmal gibt es einfach viele Gründe, warum man in einer Beziehung nicht mehr so glücklich ist. Wenn das Unglück dann aber richtig heftig wird und trotz ehrlicher Gespräche nicht besser wird, könnte es vielleicht Zeit sein, zu überlegen, ob diese Beziehung auf Dauer wirklich das Richtige für dich ist. Manchmal muss man einfach auch mal loslassen, um langfristig erneut Zufriedenheit zu finden. Aber der erste Schritt sollte auf jeden Fall sein, zu versuchen, die Probleme anzupacken.

3 Bewältigung von emotionaler Unruhe

3 Bewältigung von emotionaler Unruhe

Wenn wir von innerem emotionalen Durcheinander überwältigt werden, sind wir oft nicht in der Lage, die optimalen Entscheidungen für uns in Bezug auf Beziehungen und Partnerschaften zu treffen. Doch was versteckt sich eigentlich hinter dem Begriff "emotionaler Unruhe" und wo hat dieser Ausdruck seinen Ursprung? Hier möchte ich dir Antworten auf diese Fragen liefern und aufzeigen, wie man am besten mit dieser Unruhe umgeht. Jedoch ist es zunächst wichtig zu begreifen, was genau unter einem Gefühlschaos zu verstehen ist.

3.1 Definierung von emotionaler Unruhe

Viele meiner Freunde verstehen oft nicht so richtig, was genau mit "Unruhe" gemeint ist. Die reden drüber, aber keiner hat einen klaren Plan, was das eigentlich ist. Gefühle sind ja diese verschiedenen psychischen Sachen, wie Ironie, Mitleid, Angst, Freude und auch Liebe. Und Chaos, das ist so ein krasses Durcheinander. Bei einem Gefühlschaos geht es also darum, wenn mehrere Gefühle gleichzeitig oder total kurz hintereinander auftauchen, ohne dass sie sich so richtig abstimmen. Das können sogar voll unterschiedliche Gefühle sein, so wie Freude und Trauer. Die, die davon betroffen sind, wissen dann nicht mehr, was sie fühlen. Die können zum Beispiel nicht sagen, ob sie gerade verknallt sind, Angst haben oder einfach nur down sind. Deshalb verhalten die sich dann total unentschlossen. Die kriegen es in dem Moment einfach nicht auf die Reihe, ihre Gefühle klar zu sortieren. Das kann öfter passieren oder eben nur in bestimmten krassen Situationen, je nachdem, wie man so innerlich drauf ist. Nach außen hin zeigt sich das manchmal durch ein mega launisches Verhalten.

3.2 Ursachen für emotionale Unruhe

Gefühlschaos wird meistens durch ziemlich extreme Situationen ausgelöst. Oft, wenn sich was Gutes mit was Schlechtem kreuzt, oder andersrum. Zum Beispiel, wenn du vorher keinen Partner hattest und dann plötzlich total verliebt bist. Äußere Einflüsse können Unsicherheiten hervorrufen, beispielsweise wenn Freunde Dinge sagen wie "Er ist nichts für dich!" oder "Ich habe das Gefühl, er wird dich betrügen!". Derartige Aussagen können ein emotionales Durcheinander auslösen. Die eigene Verunsicherung, verstärkt durch äußere Einflüsse, führt dann dazu, dass wir entweder überhaupt keine Entscheidung treffen oder eine unvorteilhafte Wahl treffen. Ein typisches Szenario für emotionales Chaos entsteht auch dann, wenn jemand sich in eine andere Person verliebt, obwohl er bereits in einer eigentlich zufriedenstellenden Beziehung ist. Die betroffenen Personen sind oft hin- und hergerissen, unsicher, ob ihre Handlungen wirklich die richtige Entscheidung sind. Dieses Gefühl des "zwischen den Stühlen stehen" sorgt für inneres Chaos, und es wird für die Betroffenen schwierig, rationale Entscheidungen zu treffen, die auf den ersten Blick sinnvoller wären, insbesondere wenn niemand bei der Entscheidungsfindung unterstützt.

3.3 Erkennungsmerkmale von emotionaler Unruhe

Merkt man, dass man in einem Gefühlschaos steckt, wenn man eine oder mehrere von diesen Fragen mit Ja beantworten kann:

- Kriegst du deine täglichen Aufgaben nicht mehr fertig?
- Bist du die ganze Zeit total unsicher bei deinen Entscheidungen?
- Fällt es dir mega schwer, überhaupt Entscheidungen zu treffen?
- Wechselt deine Laune ständig zwischen gut und schlecht?
- Sagen Leute um dich herum öfter mal, dass du launisch bist?
- Sind deine Gedanken die ganze Zeit woanders?
- Weißt du nicht, wen du eigentlich lieben sollst?
- Checkst du im Grunde gar nichts mehr?

Je mehr du davon mit Ja beantwortest, desto größer ist die Wahrscheinlichkeit, dass bei dir ein Wechselbad der Gefühle los ist.

3.4 Auslöser der Unruhe verstehen

Also erstmal musst du dir klar machen, was eigentlich der Grund für dein Gefühlschaos ist. Weil nur wenn du es verstehst, warum deine Gefühle grad vollkommen durchdrehen, kannst du auch dran arbeiten, das wieder in den Griff zu kriegen. Hier sind ein paar Fragen, die dir dabei helfen können:

- Hast du keine Ahnung, ob der Typ, mit dem du was am Laufen hast, der Richtige für eine Beziehung ist?
- Bist du gerade in einer Beziehung, aber hast einen Crush auf jemand anderen?
- Bist du unschlüssig darüber, ob du eine aktuelle Partnerschaft beenden sollst?
- Hast du eigentlich bereits eine Entscheidung gefällt, doch dein Freundeskreis mischt sich ständig ein?
- Gibt es Argumente für und gegen eine neue Beziehung?
- Oft ist eine Ratlosigkeit der Auslöser für das ganze Gefühlschaos.

Wenn du diese Fragen für dich selbst klärst, kriegst du schon einen guten Überblick darüber, was bei dir im Kopf und Bauch gerade abgeht. Jetzt heißt es, die Lage checken und eine Lösung für dein Problem finden.

3.5 Entspannung als Bewältigungsstrategie

Um die optimalste Entscheidung für dich zu treffen und eine Lösung für die Auslöser deines emotionalen Durcheinanders zu finden, ist es von Bedeutung, dass du versuchst, gelassener zu werden. Dies markiert den ersten Schritt in die korrekte Richtung. Sobald deine Gefühle wieder in Balance sind, wird es dir müheloser fallen, die passende Entscheidung zu treffen. Schau mal, ein paar Krankenkassen bieten echt gute Techniken zur Entspannung an. Du kannst dir zum Beispiel Atemübungen als kostenlose MP3-Downloads holen und auch kostenlose Übungen für Gedankenreisen, die total entspannend sind. Die progressive Muskelentspannung nach Jacobson ist auch super, um runterzukommen. Und es gibt noch mehr Möglichkeiten, die dir helfen können,

- wie Yoga,
- Chigong,
- Tai Chi,
- ein entspannendes Bad
- oder ein Saunabesuch,
- eine entspannende Massage,
- Lachen
- oder das Hören von Entspannungsmusik.

Es ist entscheidend, dass du aktiv an deiner persönlichen Entwicklung arbeitest. Du wirst feststellen, dass sich dein emotionaler Zustand bereits in kurzer Zeit verbessert. Der Schleier vor deinen Augen verschwindet, und alles wird allmählich wieder transparenter. Damit wird auch das Gedankenchaos in deinem Kopf zunehmend entwirrt, und du wirst in der Lage sein, fundierte Entscheidungen für deine künftige Beziehung zu treffen.

3.6 Heilung im Laufe der Zeit

Auch wenn du gerade total durcheinander bist und nicht weißt, wo dein Kopf steht, solltest du wissen, dass sich dieser Zustand wieder legen wird. Selbst wenn du im Moment nicht sicher bist, ob du in deiner aktuellen Beziehung bleiben oder beenden sollst, kannst du sicher sein, dass du nach einer Weile wieder klarer denken kannst. Besonders dann, wenn du die Gründe kennst und aktiv daran arbeitest. Sei einfach ein bisschen geduldig mit dir selbst. Die Zeit heilt schließlich alle Wunden.

3.7 Verbleib in der aktuellen Situation

Mach dir keine Sorgen, es ist von Bedeutung, dass du die Gegebenheiten in kleinere Teile zerlegst und jeden Aspekt einzeln angehst. Auf diese Weise kannst du schrittweise das emotionale Durcheinander in deinem Kopf ordnen, und die tatsächliche Lösung wird immer deutlicher. Überlege, was dich überhaupt in der aktuellen Lage festhält.

- Sind es Freundschaften? Die Furcht vor Misserfolg? Die Bequemlichkeit?
- Und was bindet dich an die vergangene Beziehung? Gewohnheit? Die Komfortzone? Liebe?
- Warum zögerst du, den nächsten Schritt zu setzen? Welche Hindernisse halten dich davon ab?

Denke auch darüber nach, welche Aspekte für die aktuelle Situation sprechen und warum du denkst, dass eine neue Beziehung möglicherweise nicht die richtige Entscheidung ist. Wovor fürchtest du dich in einer zukünftigen Beziehung? Und im Grunde genommen, vor was hast du wirklich Angst? Wenn du diese Fragen für dich beantwortest, wird deutlich, warum du zögerst. Dies erleichtert die Analyse der verschiedenen Aspekte und wird es dir später erleichtern, entsprechend zu handeln.

3.8 Klarheit über eigene Wünsche gewinnen

Nun, da du identifiziert hast, was dich in der gegenwärtigen Lage festhält, steht die nächste Herausforderung bevor: herauszufinden, was du tatsächlich möchtest. Um Klarheit in dein Gedankenchaos zu bringen, überlege einmal, was du wirklich anstrebst. Diese Überlegungen können dabei behilflich sein:

- Bist du bereit, deine bestehende Beziehung zugunsten einer neuen aufzugeben und kannst du mit den Konsequenzen umgehen?

- Ist es für dich akzeptabel, im Konflikt mit Bekannten oder Freunden zu geraten, weil du dich für eine neue Beziehung entscheidest?
- Würde es dich unglücklich machen, wenn du dem anderen mitteilen müsstest, dass du momentan noch nicht für eine neue Beziehung bereit bist?
- Welche Voraussetzungen müssten erfüllt sein, damit die neue Beziehung für dich als perfekt gilt?
- Was fehlt oder hindert dich daran, den nächsten Schritt zu wagen? Wie kannst du das erhalten, was du benötigst, um den nächsten Schritt zu gehen?
- Wenn du dir die ideale Beziehung vorstellst, macht dies dich selbst glücklich? Bist du verliebt oder nicht?

Es könnte förderlich sein, die Antworten schriftlich festzuhalten, denn dies klärt oft erneut, was du wirklich willst.

3.9 Vor- und Nachteile abwägen

Um dir die Entscheidung zu erleichtern, könntest du eine Liste der Vor- und Nachteile erstellen und dabei folgende Fragen berücksichtigen:

- Was sind die positiven Aspekte der neuen Beziehung?
- Welche Argumente sprechen gegen die neue Beziehung?

Schließlich könntest du die Für- und Wider-Argumente aufsummieren und analysieren, welche Seite überwiegt. Die Anzahl der Argumente könnte dir dabei helfen, eine Entscheidung zu treffen.

3.10 Richtiger Zeitpunkt für Veränderung

Es ist ratsam, einen neuen Weg einzuschlagen oder die vergangene Beziehung hinter sich zu lassen, wenn deine individuellen Beweggründe für die neue Partnerschaft überwiegen. Wenn du feststellst, dass die neue Beziehung für dich bedeutungsvoller ist und dich glücklicher macht als alles zuvor, sendet dies ein klares Signal. Selbst wenn du erkennst, dass die früheren Hemmnisse, wie beispielsweise die Angst vor der neuen Beziehung, nicht wirklich von Bedeutung sind, spricht dies für einen Neuanfang.

Gelegentlich verharrt man lediglich aus Gewohnheit in der bestehenden Beziehung, und dies könnte ein eindeutiges Anzeichen dafür sein, dass eine neue Partnerschaft die vorteilhaftere Option darstellt. Daher gewinnt die Klärung der Fragen an Bedeutung, um zu verstehen, was dich tatsächlich zurückhält. Falls du immer noch nicht vollständig sicher bist, kann auch ein aufrichtiges Gespräch mit Familienmitgliedern oder engen Vertrauten hilfreich sein. Sie haben eine andere Sichtweise bieten wertvolle Ratschläge an.

3.11 Entscheidungsfindung

Wenn du erkennst, dass zahlreiche Beweggründe vorliegen, deinen Lebensgefährten zu verlassen oder eine neue Beziehung zu beginnen, ist es ratsam, eine eindeutige Entscheidung zu treffen. Das hilft enorm dabei, klarer zu sehen und das Gefühlschaos zu bewältigen. Teile diese Entscheidung auch mit jemandem oder schreibe sie auf, um dich selbst zu verpflichten. Mit einer klaren Entscheidung bekommst du einen Plan und ein deutliches Ziel, was den Knoten in deinem Kopf lösen kann.

Wenn du dich für die neue Beziehung entschieden hast, sprich zuerst mit deinem aktuellen Partner, bevor du dich vollständig in die neue Beziehung begibst. Sei dabei offen und ehrlich.

3.12 Fazit

Wenn du in einem Gefühlschaos steckst, kann das echt tricky sein, vor allem wenn es um Beziehungen geht. Aber keine Sorge, wenn du versuchst, das Ganze etwas systematisch anzugehen und die Sache in kleine Teile zu zerlegen, wird es dir leichter fallen, mit dem Chaos umzugehen.

4 Konstruktiver Umgang mit Streit in der Partnerschaft

4 Konstruktiver Umgang mit Streit in der Partnerschaft

Wenn bei euch in der Beziehung nur noch Streit angesagt ist, mach dir keine Sorgen! Selbst in den besten Beziehungen kommt das mal vor. Tatsächlich kann es sogar ganz gut sein, sich ab und zu zu fetzen, weil das frischen Wind reinbringt. Wie man aber richtig streitet, einen Streit vermeidet und auch wieder schlichtet, das erzähl ich dir hier in diesem Artikel.

4.1 Auseinandersetzungen in der Beziehung

Ich starte dieses Kapitel mal mit einem Goethe-Zitat, das ich zufällig gefunden habe:

> *"In der Ehe muss man sich manchmal streiten; nur so erfährt man etwas voneinander."*

Das sagt uns, dass es in Ordnung ist, sich hin und wieder zu zoffen, weil man dadurch voneinander lernen kann. Streitereien am Anfang einer Beziehung können zwar echt nerven, haben aber auch ihre guten Seiten. Im nächsten Teil erzähle ich dir, welche das sind.

4.2 Positive Aspekte von Streit

Viele Frauen schauen mich echt überrascht an, wenn ich denen erzähle, dass ein Streit in einer Beziehung auch was Gutes haben kann. Klar, Streit kann nervig sein, aber er hat auch so seine Vorteile. Zum Beispiel bringt er die Beziehung wieder in Schwung. Paare, die nie streiten, landen oft in so einem langweiligen Trott. Also, ab und zu mal ein bisschen Zoff ist wie Frischluft für die Beziehung, wirbelt den Staub auf, der sich so angesammelt hat.

Außerdem wird durch einen guten Streit auch die Bereitschaft zur Partnerschaft bestätigt. Nach dem Rummel wird bewusst die Entscheidung getroffen, sich wieder zu vertragen und das harmonische Gleichgewicht wiederherzustellen. Ein Streit hilft auch dabei, den Partner besser zu verstehen und vielleicht Seiten an ihm zu entdecken, die vorher im Verborgenen lagen – sowohl gute als auch weniger gute.

Ein Streit kann außerdem dabei helfen, deine eigene Position zu stärken und zu festigen. Und manchmal ist der Streit so ein Art Weckruf: Ohne den Ärger würdest du vielleicht gar nicht merken, dass etwas in der Beziehung nicht stimmt. Das gibt euch die Chance, Probleme anzupacken, zu klären und eure Beziehung wieder auf Kurs zu bringen.

4.3 Belebende Wirkung von Konflikten

Klar, Streit kann tatsächlich ne gute Sache sein. Wenn der Streit die Beziehung aufpeppt, ist das oft ein Zeichen dafür, dass da immer noch Respekt da ist. Respekt gegenüber dem Partner ist das A und O. Ein guter Streit ist nicht voller Vorwürfe, sondern bringt konstruktive Kritik mit sich. Man schätzt und achtet den anderen trotz des Streits. Man sollte dabei klare Ich-Botschaften senden, damit das, was man sagt, auch wirklich persönlich gemeint ist. Das macht die Aussagen klarer und verständlicher. Verallgemeinernde Wörter wie "immer" und "nie" sind im Streit eher kontraproduktiv. Die sorgen meistens nur für Ärger und treffen meistens nicht zu.

Beim Streit ist es wichtig, sachlich und konstruktiv zu bleiben. Auch zuhören und auf die Ansichten des anderen eingehen ist dabei essenziell. Verständnis füreinander ist das Ziel, sodass sich beide nach dem Streit wirklich verstanden fühlen.

4.4 Gesunde Streitführung

Beim Streiten in einer Beziehung ist der Umgang miteinander mega wichtig. Respekt ist dabei das A und O. Das heißt, dass man sich trotz Streit noch mit Anstand behandelt. Lass deinen Partner mal ausreden, fäll ihm nicht dauernd ins Wort. Und klar, es ist total okay, klare Grenzen zu setzen. Manchmal muss auch mal ein deutliches

Nein sagen, das zeigt, wo du stehst und bringt Respekt.

Aber das bedeutet nicht, dass du immer nur Nein sagen sollst. Wenn du was wirklich so empfindest, dann sag das auch so. Und wenn es mal knallt, erzähl deinem Partner, wie du dir die Beziehung in Zukunft vorstellst und was du dir wünschst. Zeig dich dabei auch kompromissbereit und schlag Lösungen vor, die für euch beide passen könnten.

Sehr wichtig ist auch, dass du Schwächen zugeben kannst. Sei richtig offen und auch mal selbstkritisch. Das kann langfristig echt was für eure Beziehung bringen. Wenn du Mist gebaut hast, steh dazu und entschuldige dich, wenn es nötig ist. Das kann die Achtung bei deinem Partner sogar stärken. Echt nicht so leicht, aber manchmal nötig.

4.5 Vorbeugung von Streit

Um Streit in der Beziehung zu vermeiden, ist es wichtig, deinen Partner gut zu kennen. Wenn du von Anfang an bereit bist, Kompromisse zu machen und offen und ehrlich mit deinem Partner umzugehen, dann sollte das mit dem Vermeiden doch klappen, oder?

Streit kommt oft durch unterschiedliche Meinungen und Missverständnisse. Wenn die aufkommen, versuch die mal ehrlich, offen und vor allem entspannt zu besprechen. Dann kann aus einem möglichen Streit eine coole Diskussion werden, ohne dass einer von euch am Ende verletzt ist.

4.6 Lösungsansätze für Konflikte

Es gibt so eine Menge Wege, um einen Streit in der Beziehung zu klären. Wenn es mal knallt, renn nicht einfach davon, das ist echt nicht gut. Es ist total respektlos, deinem Partner die Aufmerksamkeit zu entziehen und vielleicht gar nicht zuzuhören. Versuch immer, offen darüber zu reden, was du wirklich denkst und fühlst. Ehrlichkeit ist mega wichtig bei Beziehungsstreitereien. Und vergiss nicht die Ich-Botschaften – die sind Gold wert. Aber versuch nicht, deinen Partner zu ändern. Akzeptier ihn so, wie er ist. Gleichzeitig könnt ihr versuchen, das Problem anzugehen, ohne euch in Selbstmitleid zu suhlen. Das bringt euch langfristig nicht weiter. Nimm deine Gefühle ernst und zeig sie ruhig nach außen. Das gilt auch für deine Meinungen. Wenn du zu dem stehst, was du denkst und fühlst, wird dein Partner das viel besser verstehen und dich noch mehr schätzen. Einfach, weil er dann besser nachvollziehen kann, was bei dir los ist.

4.7 Fazit

Streitereien in der Beziehung sind eigentlich total normal. Es kommt nur drauf an, wie ihr beide damit umgeht. Ein Streit, wo nur Vorwürfe rumfliegen und jeder an sich selbst zweifelt, bringt euch langfristig nicht viel. Gib deinem Partner den Respekt, den er verdient, und versucht, den Streit auf eine konstruktive Weise zu lösen. Arbeitet zusammen auf eine Lösung hin und verteidigt eure Standpunkte selbstbewusst. Und wenn es sein muss, macht Kompromisse. Streit kann die Beziehung aufpeppen und noch stärker machen. Mal ehrlich, ohne bisschen Streit wäre es doch auch irgendwie langweilig, oder?

5 Beziehung ohne Liebe überwinden

5 Beziehung ohne Liebe überwinden

Viele Menschen fragen mich, ob eine Partnerschaft ohne Liebe überhaupt Bestand haben kann. Einige Paare neigen dazu, bei den kleinsten Schwierigkeiten das Handtuch zu werfen. Dennoch kann es sich manchmal wirklich lohnen, sich dem Konflikt zu stellen und die Ursachen anzugehen. Wenn der Wille stark genug ist, sind nahezu alle Herausforderungen zu bewältigen, selbst das Wiederentfachen einer vermeintlich verlorenen Liebe. Ich bin absolut überzeugt, denn ich habe bereits zahlreiche Paare gesehen, die ihre Beziehung wieder auf Kurs gebracht haben und jetzt wieder glücklich sind. In diesem Abschnitt werde ich dir zeigen, wie du die Wende schaffen kannst, wenn du das Gefühl hast, dass die Liebe verblasst ist.

5.1 Möglichkeit einer liebevollen Beziehung

In unserer Gesellschaft kommt es häufig vor, dass im Laufe der Zeit die Liebe in einer Beziehung etwas nachlässt. Die Ursachen dafür können äußerst vielfältig sein. Geteilte Hobbys gehen verloren, die anfängliche Intensität der Gefühle lässt nach, oder der Partner verändert sich im Verlauf der Zeit. Es kann sogar soweit gehen, dass die Liebe gänzlich erlischt – wie die Flamme einer Kerze. Dennoch entscheiden sich viele Paare, denen das widerfährt, aus verschiedenen Gründen dazu, trotzdem zusammenzubleiben, und leben dann irgendwie nebeneinander her. Ich kenne einige Beziehungen, die diesen Weg gewählt haben. Grundsätzlich ist also eine Partnerschaft ohne Liebe möglich. Die entscheidende Frage, die jedes Paar sich stellen sollte, ist jedoch, ob das wirklich die beste Option ist. Oder gibt es vielleicht eine bessere Alternative?

5.2 Ursachen für mangelnde Liebe

Gewöhnlich basieren Beziehungen darauf, dass sich die Partner in Denkweise, Handeln und Emotionen aufeinander abstimmen. Wenn die emotionale Verbindung fehlt, fehlt ein bedeutender Aspekt in einer üblichen Partnerschaft. Paare sollten sich hier wirklich bewusst werden und sich zuerst die Frage stellen, warum die Liebe nicht mehr so präsent ist. Hier ist eine Liste mit möglichen Gründen, warum das passieren könnte:

- Dein Partner ist nicht mehr der, den du kennengelernt hast – er hat sich verändert.
- Irgendwas beschäftigt ihn grad total krass.
- Er hat dich echt verletzt.
- Es gibt persönliche Probleme.
- Stress mit der Familie.
- Du hast dich in jemand anderen verguckt.
- Eure Gemeinsamkeiten sind irgendwie verschwunden.
- Du hast dich selbst verändert.
- Ihr habt nicht mehr dieselben Ziele wie früher.
- Dein Fokus im Leben liegt nicht mehr so auf der Beziehung.
- Die körperliche oder seelische Gesundheit macht Probleme.

Wenn du weißt, warum die Liebe auf der Strecke bleibt, ist es auch leichter eine Lösung zu finden. Also, setz alles daran, herauszufinden, warum die Liebe nachgelassen hat.

5.3 Zukunftsperspektiven der Partnerschaft

Diese Frage kannst du im Grunde nur für dich selbst beantworten. Du musst für dich herausfinden, ob du mit der gegenwärtigen Situation zurechtkommen kannst. Es gibt Paare, die wegen der Kinder zusammenbleiben, was völlig in Ordnung ist, aber es wäre doch vielleicht interessant zu erkunden, wie man die Liebe wieder entfachen kann.

5.4 Neu entfachen der Leidenschaft

Überleg mal, was nötig ist, damit du oder dein Partner einen Sinneswandel durchmacht. Hier sind ein paar Fragen, die dir dabei helfen könnten:

- Gibt's was in der Beziehung, das dich stört? Wenn ja, was genau?
- Bist du von deinem Partner genervt?
- Was müsste sich ändern, damit du dich wohler fühlst?
- Was brauchst du dafür?
- Wie kannst du die Umstände ändern?
- Wie siehst du eine gemeinsame Zukunft vor dir?
- Was wäre der absolute Traumzustand?
- Was kannst du ändern, um den Traumzustand zu erreichen?

Wenn du die Fragen beantwortest, wird es dir vielleicht klarer, wie du die Liebe wieder aufflackern lassen kannst. Sobald du für dich eine Antwort hast, ist der nächste Schritt, mit deinem Partner darüber zu sprechen. Es ist wichtig, dass ihr gemeinsam dran arbeitet, mutig genug seid die ersten Schritte zu unternehmen.

Häufig sind es kleine Details, die dem Lebensgefährten fehlen, wie beispielsweise zusätzliche Zärtlichkeit, erhöhte romantische Gesten, berufliche Sicherheit oder die Gewissheit, dass Veränderungen bevorstehen.

Leider gestaltet sich das einfacher, es zu sagen, als es umzusetzen. Du solltest in eine offene Kommunikation eintreten und mit deinem Partner über deine Bedürfnisse sprechen. Nur so könnt ihr gemeinsam Veränderungen herbeiführen. Wenn das auf herkömmliche Weise nicht funktioniert, könntet ihr in Erwägung ziehen, einen Paartherapeuten hinzuzuziehen. Ein solcher Fachmann kann euch dabei helfen, Antworten auf eure Wünsche zu finden. Eventuell zeigt er auch Möglichkeiten auf, wie ihr

a) die Beziehung ohne Liebe weiterführen könnt,

b) die Liebe wiederbeleben könnt oder

c) über den Sinn der Beziehung nachdenken könnt.

Auf jeden Fall ist es erst einmal hilfreich, mit jemandem zu sprechen, der sich regelmäßig mit Beziehungsproblemen befasst. Wenn du aktiv an deiner eigenen Entwicklung arbeitest, sei es mit oder ohne externe Hilfe, dann sind die wesentlichen Grundlagen für eine gemeinsame Zukunft auf jeden Fall gelegt: nämlich dein persönlicher Wille.

5.5 Fazit

Ich kenne persönlich einige Paare, bei denen jeder dachte, dass die Beziehung vor dem Aus steht. Doch als die beiden begonnen haben, sich intensiv zu engagieren und an sich selbst zu arbeiten, ist die Flamme der Liebe wieder entfacht. Letztlich kommt es darauf an, wie ihr beide zu der Situation steht und welche persönlichen Wünsche ihr hegt – das gilt ebenso für deinen Lebensgefährten. Nur wenn ihr gemeinsam an euch arbeitet, bereit seid, Kompromisse einzugehen, die Bedürfnisse des anderen respektiert und auch versteht, was euch persönlich bedrückt, stehen die Chancen gut, die Beziehung zu beleben. Grundsätzlich ist alles möglich, wenn ihr beide erkennt, was euch individuell fehlt, und aktiv versucht, das zu ändern. Ihr habt somit eine wirklich gute Gelegenheit, die Beziehung neu zu starten. Betrachte es einfach wie einen Neuanfang und höre auf dein Herz. Immerhin gab es einmal Liebe in eurer Beziehung, sonst wärt ihr nicht so weit gekommen.

6 Fremdgehen verstehen und bewältigen

6 Fremdgehen verstehen und bewältigen

Warum gehen Männer fremd? Die Frage kommt meistens erst, wenn es eigentlich schon zu spät ist. Frauen in glücklichen Beziehungen müssen sich in den meisten Fällen gar nicht erst mit so einer Frage rumquälen. Aber ich will mal versuchen zu erklären, was Männer dazu bringt, fremdzugehen, und dabei ein paar psychologische Gründe aufdecken. Vielleicht wird es so klarer, warum das passiert.

6.1 Ursachen für sexuelle Unzufriedenheit

Der Psychologe und Paartherapeut Dr. Ragnar Beer hat in seinen Studien rausgefunden, dass bei 76% der Männer ein Seitensprung auf eine nicht erfüllte sexuelle Lust zurückgeht. Bei den Frauen sind es sogar 84%, die wegen sexueller Unzufriedenheit fremdgehen. Dr. Ragnar Beer sagt:

"Vier von fünf haben einen Seitensprung, weil es im Bett in ihrer Beziehung nicht so läuft, wie sie wollen."

Aber selbst wenn die Ursache sexuelle Unzufriedenheit ist, heißt das nicht unbedingt, dass der Mann seine Frau nicht mehr liebt. Es ist eher eine Art Ausgleich für einen unbefriedigten sexuellen Appetit, der nicht unbedingt im Einklang mit der nötigen Wertschätzung und Zuneigung stehen muss.

6.2 Rolle von Sexsucht und Narzissmus

Männer, die ständig fremdgehen, sich jeden Tag selbst bespaßen und eine Menge Pornofilme schauen, können unter Sexsucht leiden. Hypersexualität nennt man das, wenn das sexuelle Verlangen oder Verhalten echt abgeht. Die Gründe dafür können zum Beispiel in der Familie liegen. Wenn Verwandte aus Familien mit vielen Suchterkrankungen wie Alkoholabhängigkeit kommen, sind diese Männer vielleicht besonders für sexuelles Verhalten empfänglich. Diese Suchtneigung kann auch auf eine genetische Veranlagung hindeuten. Das übermäßige Ausleben der Sexualität kann auch mit dem Versuch zusammenhängen, ein tiefgreifendes seelisches Problem zu verdrängen. Auf jeden Fall wäre eine therapeutische Hilfe eine gute Idee. Männer, die fremdgehen und unter Sexsucht leiden, stehen auch oft auf Bordelle. Für sie sind Bordelle interessant, weil der Sex da größtenteils anonym und ohne irgendwelche Verpflichtungen abläuft. Außerdem kann man da die Gefahr einer Schwangerschaft einfach ignorieren.

Nach Wolfgang Krüger, dem Psychologen und Buchautor, gehen Männer, die unter Narzissmus leiden, oft fremd. Narzissmus bedeutet so eine übertriebene Selbstliebe. Das beinhaltet eine auffällige Selbstbewunderung und Selbstverliebtheit, dazu kommt eine ordentliche Portion Eitelkeit. Der Grund für das Fremdgehen liegt meistens darin, dass der Mann mega viel Bestätigung braucht. Und die kriegt er bei Affären, weil da durchs Flirten und gegenseitiges Anmachen die Selbstbestätigung nochmal einen Extra-Boost bekommt. Narzisstische Typen stecken auch öfter mal in einer persönlichen Krise. Diese Krise kann zum Beispiel durch ein Problem in der Schule, an der Uni oder im Job ausgelöst werden. Ein bisschen therapeutische Hilfe kann den Betroffenen oft helfen, die Ursachen für den Narzissmus zu verstehen.

6.3 Gründe für Untreue in glücklichen Beziehungen

Warum gehen Männer fremd, obwohl sie eigentlich in einer glücklichen Beziehung zu sein scheinen? Wenn der Mann, der fremdgeht, eine Sexsucht oder Narzissmus hat, liegt sein Unglücklichsein weniger am Fremdgehen selbst. Eher kann man die Krankheiten als Grund für das Fremdgehen sehen. Derjenige, der sich auf Abwege begibt, denkt vielleicht sogar, dass er in einer total glücklichen Beziehung steckt. Aber eigentlich kann der Mann, wenn er sexuell unzufrieden ist, nur so tun, als ob er happy ist. Oft sind alle anderen Aspekte der Beziehung (außer dem Sex) voll okay. Wenn er durchs Fremdgehen seine sexuelle Unzufriedenheit kompensiert, gibt's für viele Männer nur noch wenige Dinge, die sie unglücklich machen. Daher wirkt es so, als ob er happy in der Beziehung ist. Er kann sogar selbst daran glauben.

6.4 Dauer und Umstände des Fremdgehens

In Deutschland sind die meisten Männer anscheinend im Mai besonders gern mal auf Abwegen unterwegs. Zumindest sagen das Studien von ein paar Agenturen, die sich auf Fremdgehen spezialisiert haben. Anscheinend sind in dem Monat die meisten Seitensprünge passiert, wenn man sich die Klicks auf den Fremdgehportalen anschaut. Und ab dem dritten Jahr einer Beziehung steigt die Neigung zum Fremdgehen. Aber komischerweise geht die Tendenz nach dem zehnten Beziehungsjahr wieder runter. Überraschenderweise bleibt es in den wenigsten Fällen bei einer schnellen Nummer. Über 60% der Leute, die bei der Studie mitgemacht haben, meinten, dass ihr Seitensprung länger als ein Monat gedauert hat. Und bei 25% ging die Affäre sogar über 6 Monate.

6.5 Posttraumatische Belastungsstörungen nach Untreue

Frauen, die von ihrem Partner betrogen wurden, können ähnliche Symptome wie posttraumatische Belastungsstörungen haben. Diese Störungen können sich in Angstattacken, Herzrasen oder auch Depressionen zeigen. Meistens gehen dieser psychischen Erkrankung echt belastende und teilweise auch traumatische Ereignisse voraus. Zum Beispiel, wenn der Ehemann betrügt, es eine Gewalttat gibt oder man Zeuge von einem schlimmen Autounfall wird. Auch Kinder, die in der Vergangenheit von den Eltern vernachlässigt (auch emotional), misshandelt oder missbraucht wurden, im Krieg aufgewachsen sind oder anderen krassen Situationen ausgesetzt waren, zeigen oft diese

Symptome.

Frauen, die nach dem Fremdgehen an solchen Symptomen leiden, fühlen sich meist hilflos, ausgeliefert und total allein gelassen. Die grundlegenden Überzeugungen von Sicherheit werden in Frage gestellt. Sachen, die für nicht-traumatisierte Menschen normal sind, werden bei Patientinnen mit posttraumatischen Belastungsstörungen oft infrage gestellt: Die Welt als sicherer Ort, dass die meisten Leute gute Absichten haben, dass Dinge aus bestimmten Gründen passieren, und dass guten Leuten Gutes widerfährt. Bei Patientinnen mit dieser Störung wird diese Sichtweise komplett umgedreht. Die Welt wird eher als unberechenbar, feindselig und chaotisch empfunden. Die Überzeugung, dass die Welt zuverlässig ist, geht in den meisten Fällen total verloren. Die Folge ist, dass man die Beziehung immer wieder durchspielt, auch Monate später, und sich zum Beispiel vor Augen führt, wie der Mann geküsst hat. Manche Frauen können sich nach so einem Erlebnis einfach nicht mehr verlieben und leiden ein Leben lang daran. Es ist echt wichtig, in so einem Fall professionelle Hilfe zu suchen und sich beraten zu lassen. Das macht es einfacher, langfristig mit der Situation klarzukommen.

6.6 Fazit

Es gibt echt viele verschiedene Gründe, warum ein Mann fremdgehen kann. Psychische Sachen wie sexuelles Verlangen oder auch schon ziemlich ausgereifte Krankheitsbilder können da eine Rolle spielen. Im Normalfall hilft nur professionelle Hilfe von einem Psychotherapeuten, wenn derjenige sich helfen lassen will. Ein Therapeut kann konkrete Diagnosen stellen und eine Therapie anbieten. Wenn du vielleicht die Beziehung noch retten möchtest, ist der erste Schritt auch der Weg zum Therapeuten. Er kann dir echt klarer machen, was los ist, und Tipps für die nächsten Schritte geben. So schwer das Thema auch ist, wichtig ist zu realisieren, dass er dich betrügt. Deshalb gibt es im nächsten Abschnitt nochmal 7 Anzeichen, an denen du erkennen kannst, dass er fremdgeht.

7 Anzeichen für Fremdgehen erkennen

7 Anzeichen für Fremdgehen erkennen

Es passiert leider immer mal wieder, dass einer den anderen betrügt oder zumindest der Verdacht ziemlich stark ist. Ich würd dir echt raten, nicht direkt durchzudrehen, sondern den Verdacht erstmal genau zu checken und zu überprüfen. Ein bisschen gesunder Skepsis schadet nie, aber bevor du das Thema ansprichst und deinen Partner konfrontierst, solltest du wirklich sicher sein. Ich hab schon mitbekommen, dass Beziehungen wegen übertriebener Eifersucht den Bach runtergegangen sind. Diese übertriebene Eifersucht kam meistens von einem ausgeprägten Kontrollzwang, der am Ende die Beziehung versenkt hat. Deshalb will ich dir ein paar Anzeichen und Hinweise zeigen, an denen du merken könntest, dass er dich betrügt. Bleib gelassen und keinesfalls in Panik verfallen. Häufig haben sich diese Indizien auch als unbedeutende Zufälle herausgestellt. Es ist entscheidend, einen kühlen Kopf zu bewahren , genauer hinzusehen, um sicherzustellen, dass es nicht einfach nur ein zufälliges Ereignis war.

7.1 Veränderungen im Sexualverhalten

Ein deutliches Anzeichen dafür, dass er möglicherweise untreu ist, zeigt sich oft in einem plötzlichen Anstieg seiner sexuellen Begierde. Dies manifestiert sich auch in allen Arten von Zärtlichkeiten. Oft geht das Ganze mit einem schlechten Gewissen einher, und um das zu kompensieren, gibt er dann besonders viel Gas. Ein anderer Hinweis ist, wenn seine sexuelle Lust plötzlich in den Keller geht. Das könnte darauf hindeuten, dass er anderswo schon ein bisschen Befriedigung gefunden hat. Nachdem er schon mal auf seine Kosten gekommen ist, hat er vielleicht grad kein Interesse an einer zweiten Runde mit dir.

7.2 Provokation von Streit

Außerdem kann es sein, dass er extra Stress macht, um einen Streit anzufangen, sodass du ihn rausschmeißt oder im schlimmsten Fall Schluss machst. Dann kann er bei seiner nächsten Flamme sogar noch als der Gute dastehen, weil er sozusagen das unschuldige Lämmchen ist, das verlassen wurde. Lass dich bloß nicht auf so einen Psycho-

Trick ein.

7.3 Experimentieren mit neuen sexuellen Praktiken

Wenn er plötzlich Interesse daran zeigt, zahlreiche neue Positionen auszuprobieren oder sogar Aktivitäten vorschlägt, die bisher nie in eurer gemeinsamen Routine waren, kann das ein Zeichen sein, dass er möglicherweise untreu war. Das könnte bedeuten, dass er beim Fremdgehen ein paar neue Tricks gelernt hat und die jetzt mal mit dir testen will.

7.4 Heimliche Nutzung eines zweiten Handys

Ein weiterer Anhaltspunkt ist, wenn du plötzlich ein zweites Handy entdeckst. Meistens wird das genutzt, um den Kontakt mit dem anderen Typen oder der anderen Dame geheim zu halten. Aber bevor du voll durchdrehst, solltest du sicher sein. Wäre ja nicht so gut, wenn es später rauskommt, dass es eigentlich nur sein Firmenhandy ist, das er nur für die Arbeit benutzt.

7.5 Auffälliges Verhalten am Telefon

Ein weiteres Anzeichen, dass da vielleicht was nicht stimmt, ist sein komisches Telefonverhalten. Zum Beispiel, wenn er sehr schnell auflegt, sobald du den Raum betrittst. Oder wenn er ständig sagt, dass der Anrufer sich bestimmt verwählt hat, könnte das darauf hindeuten, dass da was im Busch ist. Und check mal, wenn er immer sein Handy auf lautlos hat, dann kriegst du gar nicht mehr mit, wann ihn jemand anruft. Es fällt auch auf, wenn er jedes Mal den Raum verlässt, wenn sein Handy klingelt.

7.6 Versteckte E-Mail-Adresse

Wenn er plötzlich eine zusätzliche E-Mail-Adresse hat und du das zufällig bemerkst, könnte das darauf hinweisen, dass etwas nicht stimmt oder dass er untreu ist. Möglicherweise verwendet er eine andere Adresse, um direkt mit seiner zweiten Partnerin zu kommunizieren oder sich auf einem Online-Flirtportal anzumelden. Auf diese Weise kann er über sein eigenes Konto diskret mit der anderen Person in Kontakt treten, möglicherweise sogar während der Arbeitszeit.

7.7 Fremde Haare im Auto

Ich möchte nicht dramatisieren, jedoch gab es bereits Situationen, in denen die getäuschte Partnerin blonde Haare auf seinen schwarzen Ledersitzen entdeckte, obwohl sie selbst brünett war. Leider können auch solche Beobachtungen Anzeichen dafür sein, dass etwas nicht stimmt. Das trifft genauso zu, wenn das Auto plötzlich auffällig nach Damenduft riecht, beispielsweise am Beifahrergurt.

7.8 Themawechsel des Partners

Gelegentlich kommt es vor, dass er plötzlich behauptet, du würdest ihn betrügen, ohne einen konkreten Grund dafür zu haben. Diese Anschuldigungen erscheinen oft aus dem Nichts und dienen wahrscheinlich dazu, von seinen eigenen Handlungen abzulenken. Es scheint, als versuche er sein schlechtes Gewissen zu verbergen. Möglicherweise hat er selbst gerade mit diesem Thema zu kämpfen, weshalb es ihm ständig in den Sinn kommt. Dabei betrachtet er dies aus seiner Perspektive als einen Fehler. Warum sollte jemand über Untreue sprechen, wenn dieses Thema ihn eigentlich nicht betrifft? Beachte solches Verhalten aufmerksam und frage deinen Partner vielleicht einfach, warum er gerade jetzt über dieses Thema sprechen möchte oder was in ihm vorgeht.

7.9 Erhöhte Selbstpflege

Hast du möglicherweise in den letzten Tagen festgestellt, dass er sich äußerlich ein wenig verändert hat? Vielleicht geht er plötzlich sehr oft einkaufen oder intensiviert Zeit in seine sportlichen Aktivitäten. Überprüfe, ob er sich kürzlich im Fitnessstudio angemeldet hat und jetzt besonders engagiert ist – insbesondere dann, wenn er normalerweise nicht besonders an äußerem Erscheinungsbild und Sport interessiert ist. Oftmals unternehmen Männer solche Schritte, um sich im besten Fall selbst zu gefallen oder um anderen Frauen zu imponieren.

7.10 Fund von Kondomen

Beobachte mal, ob er plötzlich immer Kondome dabei hat. Ist natürlich kein Drama, wenn ihr die normalerweise benutzt. Aber wird ein bisschen komisch, wenn du eigentlich die Pille nimmst und er Kondome gar nicht braucht. Die Dinger verstecken sich meistens in der Geldbörse oder in den Taschen der Weste oder Hose.

7.11 Fazit

Wenn sich einige dieser Anzeichen zeigen, besteht die Möglichkeit, dass dein Partner, Freund oder Mann dich betrügt – es muss jedoch nicht zwingend der Fall sein. Wenn du Gewissheit haben möchtest, frage ihn einfach direkt danach. Andernfalls könnte dies zu erheblichen Spannungen in der Beziehung führen. Wenn du spürst, dass etwas nicht stimmt, solltest du nicht die Augen davor verschließen. Ein häufiger Fehler, den viele Frauen begehen, besteht darin, ihren Kummer in sich hineinzufressen. Wenn du sicher bist, dass er dich betrügt, sprich das direkt an.

8 Mangelnde Intimität ansprechen und beheben

8 Mangelnde Intimität ansprechen und beheben

Zu wenig Action im Bett kann echt ein Problem sein, vor allem wenn da eine Schieflage drin ist. Schau mal, hier sind 10 Gründe, warum es vielleicht grad Flaute im Schlafzimmer gibt, und was man dagegen machen kann. Die Idee ist, dass beide wieder Bock auf Sex kriegen und das Ganze öfter passiert.

8.1 Identifikation von Problemen im Sexleben

Wenn du denkst, dass in Sachen Sex bei euch in der Beziehung ein bisschen der Wurm drin ist, dann sprich das mal direkt an. Frag einfach, was deinem Partner am Sex nicht so zusagt und warum es nicht mehr so oft funkt. Schick klare Botschaften, so nach dem Motto: *"Schade, dass wir nicht mehr so oft miteinander schlafen. Was ist da los?"* oder *"Ich fänd's cool, wenn..."* oder auch *"Mir fehlt's echt, dass wir nicht mehr so oft miteinander rummachen."* Damit bringst du es konkret auf den Punkt, wie die Sache bei dir ankommt. Und meistens kann sich der andere dann besser in deine Lage versetzen und versteht, dass das ein ernsthaftes Thema ist.

8.2 Zehn Gründe für sexuelle Unlust und Lösungsansätze

Wenn du keine große Lust hast, mit deinem Partner vorher groß zu reden und die Ursachen für den Sexmangel schon kennst, gibt es hier ein paar mögliche Lösungen.

Schlechte Erfahrungen aus der Vergangenheit

Vielleicht hatte dein Partner in der Vergangenheit doofe Erlebnisse, die ihm den Spaß am Sex genommen haben. In so 'nem Fall kannst du eigentlich nur behutsam und mit viel Geduld versuchen, ihn wieder auf den Geschmack zu bringen. Einfühlsame Gespräche und der Aufbau von Vertrauen sind da das A und O. Manchmal kann auch 'ne Therapie helfen, je nachdem, was da genau passiert ist.

Schmerzen

Es kann auch sein, dass dein Partner Schmerzen hat, die ihm den Spaß am Sex verderben. In so einem Fall ist es auf jeden Fall eine gute Idee, einen Arzt oder eine Frauenärztin aufzusuchen. Die können genau herausfinden, was los ist, eine Diagnose erstellen und vielleicht Medikamente verschreiben, um die Schmerzen zu lindern. Es lohnt sich auf jeden Fall, das mal abzuchecken.

Schlechte Stimmung

Wenn die Stimmung in der Beziehung nicht so toll ist und es ständig Stress und Diskussionen gibt, kann das natürlich auch einen ziemlichen Einfluss auf das Sexleben haben. Streit und Probleme fördern jetzt nicht unbedingt die Lust aufeinander. Wenn das bei euch öfter passiert, könnte das durchaus ein Grund dafür sein, dass es im Bett nicht so richtig rund läuft. Vielleicht mal schauen, wie man die Streitereien in den Griff kriegt? Das könnte sicher auch das Sexleben wieder etwas aufpeppen.

Das Sexleben verbessern

Versuch doch einfach mal, die Streitereien ein bisschen einzudämmen und setz den Fokus auf eine gute Stimmung in eurer Beziehung. Wenn mal ein Konflikt aufkommt, versuch es gleich zu klären, damit das nicht so ein Dauerding wird. Und 'Versöhnungssex' kann manchmal Wunder wirken, um das Sexleben wieder in Schwung zu bringen. Gebt euch eine Chance, die Streitsache schnell zu klären und danach wieder mehr Spaß miteinander zu haben. Das könnte euch vielleicht einen kleinen Boost geben.

Stress

Einer der Hauptgründe für zu wenig Action im Bett kann der ganze Stress sein, den man so mit sich rumschleppt. Klar, Uni-Klausuren, neue Projekte auf der Arbeit, oder der Versuch, Sport und andere Hobbys in einen Zeitplan zu quetschen – das haut schon rein. Der ganze Druck kann dann dazu führen, dass man einfach keine Lust mehr hat und ständig wie ein HB-Männchen durch die Gegend rennt. Checkt mal, was genau euch so stressen könnte, und versucht, dem ein bisschen entgegenzusteuern. Besonders auf der Arbeit gibt es oft ein paar Tricks, um den Druck ein bisschen rauszunehmen.

Er will, dass du die Zügel in die Hand nimmst

Es gibt auch die Möglichkeit, dass der Mangel an Action im Bett daher rührt, dass er sich wünscht, dass du mal das Steuer übernimmst. Sprich, er hätte gerne, dass du die Initiative ergreifst und ihn so richtig verführst. Besonders dann, wenn er über einen längeren Zeitraum immer derjenige war, der den ersten Schritt gemacht hat. Vielleicht sehnt er sich einfach danach, auch mal erobert zu werden und wartet nur darauf. Die Lösung könnte ganz simpel sein: Überrasch ihn mal, schnapp dir die Zügel und gönn ihm eine Runde Verwöhnprogramm.

Alltagstrott

Tagein, tagaus, die gleiche Routine. Früh morgens raus, abends nach der Arbeit ab ins Fitnessstudio, dann Essen, Schlafen – und das ganze Spiel von vorne, Montag bis Freitag. Am Wochenende wird der Einkauf erledigt oder man trifft sich mit Freunden für einen gemütlichen DVD-Abend oder geht ins Kino. So geht das dann monatelang und schwups, steckt man mitten im Alltagsstress. Da kann es schon passieren, dass die Lust auf Sex ein wenig auf der Strecke bleibt oder im schlimmsten Fall komplett flöten geht. Wie wäre es mal mit einer kleinen Veränderung im Trott und einem Ausflug aus der Komfortzone?

Kein gemeinsamer Nenner

Das Sexleben kann auch darunter leiden, wenn beide unterschiedliche Vorstellungen davon haben, wie der Hase im Schlafzimmer laufen sollte. Vielleicht steht er auf so richtig "wilden" Kram, während du eher für die ruhigeren, langsamen "Blümchen" zu haben bist. Das kann zum Beispiel dazu führen, dass er ständig neue Dinge ausprobieren will, während du eigentlich total zufrieden mit der guten alten Missionarsstellung bist. Hier ist es wichtig, einen Mittelweg zu finden, bei dem sich beide wohlfühlen. Beide sollten versuchen, auf die Wünsche und Bedürfnisse des anderen einzugehen, um so eine Art gesundes Gleichgewicht zu schaffen.

Langweiliger Sex

Langweiliger Sex kann echt eine Spaßbremse sein, oder? Vielleicht lohnt es sich mal mit dem Partner darüber zu sprechen, was für ihn genau "langweilig" bedeutet. Vielleicht hat er ja eine Liste mit Wünschen und Träumen, von der du noch nichts weißt. So ein Kamasutra kann auch für einen neuen Kick sorgen, oder? Und wie wäre es, wenn ihr mal den Aktionsort wechselt, zum Beispiel vom Schlafzimmer ins Auto, an den See oder sogar ins Schwimmbad? Ein bisschen Abwechslung könnte da wahre Wunder wirken!

Mangelndes Verzeihen

Manchmal schleppen wir echt einen Haufen Altlasten mit uns rum, oder? Vor allem, wenn einer von beiden in der Beziehung mal einen kleinen Ausrutscher hatte. Vielleicht hilft es ja, die Vergangenheit ruhen zu lassen und ihm einfach mal zu sagen: "Ich verzeihe dir." Das kann manchmal echt die Fesseln sprengen – für beide Seiten.

Keine Energie

Manchmal hängt die Flaute im Bett echt damit zusammen, dass einer von beiden sich völlig verausgabt. Ständig Sport, Überstunden auf der Arbeit – da bleibt einfach keine Energie mehr für andere Dinge übrig, nicht mal für ein bisschen Spaß im Schlafzimmer. Vielleicht wäre es eine Idee, die Aktivitäten ein bisschen runterzuschrauben, besser zu essen und mehr zu schlafen. Das kann oft Wunder wirken und die Lust auf Sex wieder ankurbeln.

8.3 Fazit

Zu wenig Sex in der Beziehung kann echt stressig sein. Aber hey, wenn man die Zeichen früh genug erkennt und die Gründe kennt, kann man zusammen was dagegen machen und dem Schlafzimmer wieder etwas mehr Action verpassen.

9 Kein Sex in der Beziehung

9 Kein Sex in der Beziehung

Laut der Sexualtherapeutin Danuta Prentki hat jeder so seine eigenen Vorstellungen von Sex. Das ist so ein Grundbedürfnis laut Maslow, noch vor Sicherheit und sozialer Interaktion. Manche Leute sind so tägliche Action im Schlafzimmer gewohnt, andere finden es voll okay, wenn es nur einmal die Woche zur Sache geht. Und dann gibt es welche, die sind happy mit einem monatlichen Rendezvous. Aber hey, es geht nicht nur um die Frequenz, sondern dass beide damit happy sind. Zu wenig oder zu viel kann nämlich genauso für Beziehungsstress sorgen.

9.1 Ursachen für sexuelle Abstinenz

Dass dein Freund grad nicht so scharf drauf ist, kann echt verschiedene Gründe haben. Vielleicht fühlt er sich noch nicht ready für den großen Schritt oder hat da einfach noch nicht so viel Erfahrung gesammelt und ist deswegen ein bisschen unsicher. Oder es hängt mit einem anderen Problem zusammen, zum Beispiel Stress im Job oder so. Existenzängste und andere Dinge können das Verlangen nach Sex ziemlich überlagern. Manchmal ist er vielleicht auch einfach überfordert mit der Häufigkeit, die von ihm erwartet wird. Und wenn der Stress richtig krass ist, kann das sogar ein Burnout auslösen und den Testosteronspiegel drücken, was wiederum die Lust killt. Aber hey, das sind nur so Vermutungen. Wichtig ist, dass ihr da offen drüber redet und versucht, rauszufinden, was da genau los ist.

9.2 Lösungsansätze

wenn die Gespräche bisher nicht so den gewünschten Erfolg gebracht haben und du jetzt einen Schritt weitergehen willst, könntest du mal selbst die Initiative ergreifen. Manche Männer stehen drauf, wenn sie nicht immer den ersten Schritt machen müssen. Vielleicht liegt es auch daran, dass er in dem Bereich nicht so viel Erfahrung hat. Zeig ihm einfach, was du willst und lass ihn das spüren. Bei manchen Männern muss vielleicht nur ein Schalter umgelegt werden. Aber hey, nicht gleich zu viel Druck machen! Zu viel Drängeln oder so kann nämlich auch nach hinten losgehen.

Probier mal, ihn an einem romantischen oder vielleicht auch einem ungewöhnlichen Ort zu verführen. Whirlpool, Auto – so was in der Art. Romantisch kann es zum Beispiel am Meer oder in einem Wellnesshotel sein, je nachdem, was zu euch passt. Falls er eher der schüchterne Typ ist, dann such einen Ort, wo er sich wohlfühlen kann.

Und was Unterwäsche angeht, könnte das auch einen Reiz haben. Geht zusammen shoppen oder überrasch ihn mit einem sexy Teil. Das kann echt Stimmung machen. Gleiches gilt für Sexspielzeug, so ein kleiner, hochwertiger Vibrator kann Wunder wirken. Vielleicht sogar in der Dusche oder der Badewanne – gemeinsame Experimente, sozusagen.

Wenn das alles nicht so richtig fruchtet, könntest du mal einen anderen Ansatz probieren und ihn ein bisschen ignorieren oder provozieren. Lauf in Unterwäsche rum, mach was Alltägliches, als wäre das das Normalste der Welt. Manchmal funktioniert das und er wird schwach. Aber klar, das kann eine Weile dauern, also Geduld ist da gefragt.

9.3 Letzte Optionen

Wenn wirklich gar nichts geholfen hat, bleibt wohl nur noch ein ehrliches Gespräch übrig. Da könntest du ihm klar machen, dass du dir auf Dauer eine Beziehung nicht vorstellen kannst, wenn er nicht mit dir schläft. Mach deutlich, dass das dich persönlich echt unglücklich macht und an deinem Selbstvertrauen rüttelt. Es bringt ja nichts, wenn du wegen ihm permanent unglücklich bist und dabei deine eigenen Bedürfnisse hintenanstellst. Das ist oft so der letzte Ausweg, aber vielleicht rüttelt das bei ihm was und er checkt endlich, wie ernst die Lage ist.

9.4 Fazit

Viele Frauen stehen vor dem Dilemma, dass ihr Mann einfach nicht mit ihnen intim werden will. Manchmal reichen die üblichen Tipps, wie den ersten Schritt zu machen oder mit Spielzeugen zu experimentieren, um die Sache anzukurbeln. Falls jedoch absehbar ist, dass die Lustlosigkeit vielleicht gesundheitliche Gründe hat, wäre es ratsam, deinem Freund dringend zu empfehlen, mal einen Arzt aufzusuchen. Oft klärt sich das Problem aber auch von selbst mit der Zeit.

10 Umgang mit Beziehungsstress

10 Umgang mit Beziehungsstress

Wenn es in der Beziehung mal ziemlich knirscht, liegt Beziehungsstress vor. Das sind sozusagen äußere Einflüsse, die uns psychisch und körperlich fordern und spezielle Herausforderungen in der Beziehung mit sich bringen. Ich will dir hier in diesem Abschnitt die Gründe dafür und effektive Lösungen vorstellen. Damit hast du am Ende den Dreh raus, wie du damit umgehen und dem Ganzen gezielt entgegenwirken kannst.

10.1 Zehn Ursachen von Stress in der Beziehung

Hier sind sozusagen die Top 10 Gründe, warum es in Beziehungen oft ziemlich knirscht.

Arbeit

Okay, das klingt jetzt vielleicht komisch, aber Arbeit kann echt ein Stressfaktor in der Beziehung sein. Diese ganzen Deadlines, Termine und der Frust vom Chef – das bleibt oft nicht einfach im Büro. Manchmal nimmt man den ganzen Ärger sogar mit nach Hause. Du kennst das sicher, wenn der Chef mal wieder schlechte Laune hatte und das wirkt dann wie so ein Stimmungskiller über den Tag verteilt. Und dann geht es daheim weiter, vielleicht wird sogar noch weitergearbeitet, Mails werden beantwortet, und wenn der ganze Druck dann zu viel wird, wird der Partner oft ungewollt zum Ventil für den ganzen Stress. Irgendwie fällt einem das manchmal erst auf, wenn es schon zu spät ist.

Geld

Geld kann echt für Probleme in der Beziehung sorgen. Das passiert oft, wenn man einen miesen Umgang mit dem ganzen hat. Klar, man verdient eigentlich genug, um die Rechnungen zu zahlen, aber dann wird zu viel Geld für Sachen ausgegeben, die man gar nicht wirklich braucht. Am Ende des Monats schaut man dann auf das Konto und denkt sich nur: *"Wo ist das ganze Geld hin?"* Und dann kommen noch Kredite und Mieten dazu, die man nicht so einfach abdecken kann. In dem Fall gibt es dann meistens einen Schuldzuweisungs-Krieg, und Zoff ist vorprogrammiert.

Streit

Wenn das Geld mal knapp wird, ist oft Stress in der Beziehung vorprogrammiert. Da wird sich schnell gegenseitig die Schuld zugeschoben, und dann geht der Ärger los. Streit, Vorwürfe, Meinungsverschiedenheiten - das volle Programm. Manchmal wird auch lautstark rumgebrüllt, ohne dass wirklich was Konkretes bei rumkommt. Das ist natürlich mega uncool. Im schlimmsten Fall bleibt die Situation dann einfach so stehen, ohne dass man sich richtig ausspricht. Und das bringt nur noch mehr Stress mit sich, der die Beziehung weiter durchrüttelt.

Sex

Wenn es im Bett nicht so läuft, wie man sich das vorstellt, kann das ganz schön für Beziehungsstress sorgen. Viele Paare haben keine Ahnung, was der andere eigentlich so will oder mag. Da wird dann frustriert rumgestresst und der Druck sucht sich seinen Weg woanders. Einer ist genervt, der andere auch, und keiner checkt so richtig, woran es liegt. Stress pur!

Eifersucht

Beziehungsstress wegen übertriebener Eifersucht – das kann echt an die Substanz gehen! Vor allem, wenn der Partner einem quasi den sozialen Kalender diktiert, nach dem Motto: "Sorry, Schatz, heute ist Freitag, du weißt, da darf ich nicht mit Freunden feiern gehen." Oder noch besser: "Männliche Freunde? No way!" Wenn das ständig passiert, wird es wirklich zum Problem. Ein bisschen Eifersucht ist ja okay, aber wenn das in krankhaft umschlägt, kann das die Beziehung echt in die Binsen ziehen. Da gibt es später noch ein Kapitel drüber.

Kinder

Kinder als Quelle von Belastung. Ganz gleich, ob es sich um die eigenen Kinder handelt oder um Kinder aus vorherigen Beziehungen. Termine beim Kinderarzt, nächtliches Weinen oder der Wettstreit um einen Platz im Kindergarten sowie die Planung von

Kindergeburtstagen können zu Spannungen in der Partnerschaft führen.

Unzuverlässigkeit

Der ewige Ärger wegen der Unzuverlässigkeit des Partners! Kennst du das auch? Zum Beispiel, wenn er mal wieder zu spät zu einer Verabredung kommt und damit den ganzen Tagesplan über den Haufen wirft. Oder nach der Arbeit vergisst, die Milch für den Kuchen mitzubringen, den du vorhast. Total nervig, oder? Besonders, wenn das ständig passiert, gibt es natürlich noch mehr Stress und Zoff.

Nervige Angewohnheiten

Die kontinuierliche Vergesslichkeit, die leere Klopapierrolle zu ersetzen, oder das Durcheinander, das er in jedem Raum hinterlässt, selbst wenn du gerade aufgeräumt hast – kennst du solche alltäglichen Kleinigkeiten? Auf den ersten Blick mag es nicht nach dem Weltuntergang aussehen, aber im Laufe der Zeit können sie wirklich nerven und sogar Beziehungsstress verursachen.

Unehrlichkeit

Du kennst das sicher: wenn jemand nicht ganz ehrlich ist oder sogar so tut, als wäre er an einem Ort gewesen, an dem er nachweislich nicht war. Das kann nicht nur das Vertrauen ordentlich erschüttern, sondern auch zusätzlichen Stress in die Beziehung bringen. So ein unnötiger Ballast kann echt für erhebliche Probleme sorgen.

Egoismus

Stell dir vor, dein Partner hat ständig nur sich selbst im Kopf und trifft Entscheidungen ohne dich mit einzubeziehen. Das kann richtig Stress verursachen, besonders wenn dadurch vorherige Pläne einfach über den Haufen geworfen werden. Nehmen wir an, ihr plant gemeinsam einen Ausflug für den nächsten Tag, und am Morgen danach kommt ihm plötzlich in den Sinn, dass er sich lieber mit seinen Freunden treffen möchte. Das ist nicht nur wenig zuverlässig, sondern auch äußerst selbstbezogen.

10.2 Zehn Strategien zur Stressreduktion

Hier sind 10 Tipps, wie ihr den Stress in eurer Beziehung in den Griff bekommen könnt. Wenn ihr sie befolgt, werdet ihr euch beide langfristig besser fühlen und das Zusammenleben wird viel angenehmer sein.

Feierabend einhalten

Versucht, eure Arbeitszeiten einzuhalten, selbst wenn das für die Karriereorientierten unter euch vielleicht herausfordernd ist. Egal, ob ihr Angestellte seid oder euer eigener Chef, ein fester Zeitrahmen, beispielsweise von 07:00 Uhr bis 17:00 Uhr, kann nicht nur für Stabilität sorgen, sondern sich auch positiv auf euer Beziehungsleben auswirken. Es ist eine gute Idee, sich am Vorabend aufzuschreiben, welche Aufgaben am nächsten Tag erledigt werden sollen.

Setzt klare Ziele und unterteilt sie am besten in verschiedene Zeiträume. Zum Beispiel:

10:00 bis 11:30 Uhr: E-Mails überprüfen

11:30 bis 12:00 Uhr: Telefonat mit Kunde Y

12:00 bis 14:00 Uhr: Projektarbeit, Ziel: Liste aller relevanten Kunden erstellen usw.

Je detaillierter die Liste ist, desto besser könnt ihr einschätzen, ob die Aufgaben im vorgegebenen Zeitrahmen erledigt werden können. Am nächsten Tag gilt es dann, die Liste abzuarbeiten. Wenn am Ende alles erledigt ist, einschließlich der Vorbereitung für den nächsten Tag, könnt ihr beruhigt in den Feierabend starten und den Abend mit eurem Partner genießen.

Mit Geld umgehen können

Um Beziehungsstress aufgrund von Geldsorgen zu vermeiden, ist es entscheidend, eine entspannte Einstellung zum Thema Finanzen zu entwickeln und vernünftig damit umzugehen. Das bedeutet, dass man genau wissen sollte, wie viel Geld monatlich zur Verfügung steht und wofür es ausgegeben wird. Viele Menschen leben oft nach dem Motto:

"Geld kommt aus dem Portemonnaie und Sprit aus der Zapfsäule."

Wenn du wirklich etwas ändern möchtest, fang am besten damit an, eine Excel-Tabelle mit deinen genauen Einnahmen und Ausgaben zu erstellen. Nutze dazu die Posten aus deinen Kontoauszügen. Am Ende wird dann klar, wohin das meiste Geld geflossen ist und wo es Potenzial für Einsparungen gibt. Selbst wenn euer Einkommen gleich bleibt, kann eine bessere Geldverwaltung eure gemeinsame Lebenssituation erheblich verbessern. Das Schöne daran: Zahlen lügen nicht.

Klare Gespräche

Um Stress abzubauen, kann es manchmal wirklich helfen, offen miteinander zu reden. Wählt dabei gezielt die Probleme aus, die euch persönlich stören. Ihr könnt zum Beispiel über Unzuverlässigkeit oder über krankhafte Eifersucht sprechen. Häufig erlebt man nach solchen Gesprächen eine Erleichterung, da man die Last und Sorgen teilt. Seid dabei wirklich aufrichtig und formuliert klare "Ich-Botschaften". Hier sind einige Beispiele, die den Grundton verdeutlichen sollen:

"Ich empfinde in letzter Zeit Unbehagen, weil..."
"Ich würde mir wünschen, dass du künftig..."
"Ich habe mit dieser Situation echte Bedenken, da..." Durch das Senden konkreter Ich-Botschaften zeigt ihr eurem Partner, dass euch das Anliegen persönlich sehr wichtig ist. Das sensibilisiert nicht nur den Partner, sondern ermöglicht es euch auch, das bestehende Problem richtig rüberzubringen.

Ruhe gönnen

Es ist ebenso bedeutend, dass du dich gelegentlich entspannst, besonders von beruflichen Angelegenheiten. Das heißt konkret, dass du nach Arbeitsende alle Gedanken an den Job aus deinem Geist verbannen solltest. Das erfordert zu Beginn etwas Training und Disziplin, doch mit der Zeit wird dieses Verhaltensmuster zur Routine. Und genau das wird sich positiv auf eure Beziehung auswirken. Jetzt kannst du dich wirklich auf deinen Partner konzentrieren. Ihr könnt dies auch durch gemeinsame Rituale wie einen regelmäßigen abendlichen Spaziergang oder das gemeinsame Anschauen einer Serie unterstützen. Wesentlich ist, dem täglichen Trott zu entfliehen und gemeinsam auf andere Gedanken zu kommen.

Gemeinsame sportliche Aktivitäten

Besonders Sport kann echt Wunder wirken, um Stress loszuwerden. Beim Laufen zum Beispiel werden so eine Menge Botenstoffe freigesetzt, die genau dafür zuständig sind. Natürlich ist hier das Stichwort "in Maßen" wichtig – kein Grund, sich zu überanstrengen. Ihr könntet auch zusammen eine Sportart ausprobieren, die euch beiden Spaß macht. Das stärkt nicht nur eure Beziehung, sondern bringt auch jede Menge Spaß. Hier sind einige Vorschläge für gemeinsame sportliche Aktivitäten zu zweit:

- Tanzkurse
- Joggen
- Tennis
- Rudern
- Fahrradfahren
- Kampfsport (gegenseitiges Training ohne übermäßige Härte)
- Klettern (eine Aktivität, die auch das Vertrauen stärkt, besonders wenn ihr euch gegenseitig sichert)
- Skilanglauf

Mit gemeinsamen Aktivitäten pusht ihr nicht nur eure Kraft und Ausdauer, sondern auch das Teamgefühl zwischen euch. Und obendrauf fühlt ihr euch danach richtig gut.

Progressive Muskelentspannung

Diese Progressive Muskelentspannung nach Jacobsen ist ein coole Sache. Du spannst einfach abwechselnd deine Muskeln an und lässt sie dann locker – total simpel, aber mega effektiv gegen Stress. Wenn du zum Beispiel merkst, dass du sehr gestresst oder ängstlich bist, zieh einfach diese Übungen durch. Indem du die Muskeln bewusst anspannst, verdrängst du sozusagen die Anspannung und bringst eine Portion Ruhe ins Spiel. Und das Beste: Ihr könnt das sogar zu zweit zu Hause machen.

Sex

Wenn der Beziehungsstress mal so richtig nervt, könnte guter Sex die Rettung sein. Man sagt ja nicht umsonst:

"Versöhnungssex ist der beste Sex."

Das kann echt Wunder wirken, um Stress abzubauen. Aber klar, wenn es gerade der Mangel an Sex ist, der für Stress sorgt, dann muss man da natürlich vorher mal ein ernstes Wort drüber verlieren. Sag einfach, was dich stört und wie man das Sexleben gemeinsam pimpen kann. Und dabei immer schön klare Ich-Botschaften senden, damit es auch wirklich ankommt.

Ziele setzen und planen

Wenn einer in der Beziehung so ein bisschen ohne Plan durchs Leben driftet, kann das ganz schön für Stress sorgen. Deshalb wäre es vielleicht gar keine schlechte Idee, sich mal zusammen hinzusetzen und ein paar klare Ziele zu setzen. Wo soll es zum nächsten Urlaub hingehen? Wann geht es mit großen Träumen wie der Selbstständigkeit los? Und wie steht es eigentlich um das Thema Hochzeit und Kinder? Solche Fragen können einem echt wieder einen klaren Blick für die Beziehung geben. Schreibt euch die Antworten ruhig auf, damit später keiner behaupten kann, er hätte davon nichts gewusst.

Kurztrip / Urlaub

Wie wäre es mal mit einer spontanen Auszeit vom Alltagsstress? Ein kurzer, spontaner Urlaub könnte genau das Richtige sein, um mal die Seele baumeln zu lassen. Ihr könntet zusammen mal an einen neuen Ort reisen, muss ja nicht gleich Griechenland oder Spanien sein – vielleicht einfach ein Städtetrip übers Wochenende in eine Stadt, in der ihr noch nicht wart. Hauptsache, ihr wechselt mal die Kulisse und könnt euch gemeinsam entspannen. Das könnte echt gut tun!

Schokolade als Entspannungsmöglichkeit

Wie wäre es, wenn ihr euch einfach mal einen Schokoladen-Abend gönnt? Schokolade ist ja bekanntlich Balsam für die Seele, und es gibt so viele coole Möglichkeiten, sie zu genießen. Stell dir vor, ein Schokofondue-Abend mit deinem Partner – einfach Obst schnippeln, Schokolade schmelzen, und voilà, ihr habt euer eigenes Schokoladen-Dinner! So eine kleine süße Auszeit kann echt Wunder wirken und euch auf andere Gedanken bringen.

Fazit

Beziehungsstress ist ja manchmal so echt eine fiese Sache. Aber keine Sorge, du bist nicht allein damit. Das Wichtige ist, wenn du merkst, dass da irgendwas nicht so rund läuft, dann mach was dagegen! Ignorieren ist nicht so die beste Option, weil die Probleme dann eher größer werden. Also, sei aktiv, schnapp dir deinen Partner und checkt zusammen, was da los ist. Viel Erfolg dabei, den Beziehungsstress zu beseitigen – ihr schafft das schon!

11 Überwindung von Bindungsangst

11 Überwindung von Bindungsangst

Kennst du das auch? Die Angst vor Beziehungen und diese totale Panik davor, sich zu binden. Klingt das bekannt für dich? Falls ja, dann kann ich dich beruhigen. Du kannst da tatsächlich was gegen machen. Wie genau du am besten vorgehst, um deine Bindungsangst zu überwinden, erzähl ich dir in diesem Kapitel. Aber bevor wir da reinschauen, lass uns erstmal verstehen, was die Gründe für diese Bindungsangst überhaupt sind.

11.1 Ursachen der Bindungsangst

Es gibt so einige Gründe, warum man Bindungsangst und Angst vor Beziehungen haben kann. Ich will dir mal genauer erklären, was da so die Hauptgründe für diese spezielle Angst sind.

Erinnerungen werden wach

Viele Leute haben Angst vor einer Beziehung, weil da alte Narben wieder aufreißen. Das kann zum Beispiel passieren, wenn man schon mal eine Beziehung hatte, die in die Binsen ging. Wenn das Ganze nicht richtig verarbeitet wurde, also so eine Art Seelenputz danach fehlt, kann das auch einen Stempel auf kommende Beziehungen drücken. Das Ergebnis ist, dass einen die Vergangenheit immer wieder einholt und die Angst vor neuen Beziehungen schürt.

Angst vor Verletzung

Manche Frauen trauen sich nicht so richtig in eine neue Beziehung, weil die Erinnerung an die letzte echt heftigen Gefühlsverletzungen noch voll da ist. Das Ganze hat so einen krassen Eindruck hinterlassen, dass der Kopf automatisch auf Alarm schaltet und vor jeder möglichen Bedrohung warnt. Die Idee dahinter ist, dass man sich nicht nochmal so krass verletzt und wieder den Kürzeren zieht. Das Gehirn baut einfach einen Schutzwall auf, um sich selbst zu verteidigen.

Angst vor dem Schmerz

Manchmal kommt die Bindungsangst einfach daher, dass man total Angst vor dem Schmerz hat, den man schon durchgemacht hat. Der

Schmerz war einfach zu krass und die damit verbundenen Qualen zu heftig. Dieser Gedanke blockiert einen voll für einen Neuanfang und die Chance auf eine ganz neue Beziehung.

Die Beziehung zur Familie könnte scheitern

Viele Frauen denken öfters, dass eine neue Beziehung die familiäre Sache in die Brüche gehen lassen könnte. Das liegt daran, dass viele Zweifel an der Akzeptanz des neuen Freundes oder Partners haben. Das kommt vielleicht durch gewisse Sachen, die den Partner nicht so toll dastehen lassen, zum Beispiel eine Phase ohne Job. Wenn es dann um die Entscheidung geht (Beziehung oder Familie), wählen viele oft die Familie. Die Angst davor, nach einer Trennung total auf sich allein gestellt zu sein, ist dann einfach zu groß.

Existenzängste können hervorgerufen werden

Manchmal kriegt man Existenzangst, wenn man sich vorstellt, den eigenen Partner irgendwann zu verlieren und sich bewusst wird, wie kurz das Leben ist. Das kann echt ein krasser Auslöser für Beziehungsangst sein, und dann traut man sich nicht so richtig auf eine Beziehung einzulassen. Die Bindungsangst wird dadurch immer krasser.

11.2 Folgen der Bindungsangst

Die Gründe für die Bindungsangst können so eine ganze Kaskade von anderen Auswirkungen haben, nicht nur, dass man Beziehungen aus dem Weg geht. Ich will dir die mal genauer zeigen.

Abstand und Abweisungen

Durch die Bindungsangst kann man so eine unsichtbare Mauer zu männlichen Bezugspersonen hochziehen. Die Konsequenz ist, dass viele Frauen den Umgang mit Männer lieber meiden. Das ist so ein Art Schutzmechanismus im Hinterkopf, damit man sich nicht auf eine Beziehung einlassen muss. Ein weiterer Punkt ist, dass durch die Angst viele Frauen sowohl selbst Interessenten von Männer abblocken als auch selbst abgewiesen werden.

Selbstzweifel

Oft führt die Bindungsangst dazu, dass man immer mehr an seinem Selbstwert zweifelt und sich selbst die Schuld gibt. Das zeigt sich meistens darin, dass man sich immer weiter zurückzieht. Viele sehen ihre Selbstzweifel als Schwäche. Das runterziehen von sich selbst wirkt sich dann noch mal extra mies auf das eigene Selbstwertgefühl aus und verstärkt die Bindungsangst noch mehr.

Körperliche Probleme

Die ständige Panik vor einer Beziehung kann echt übel auf den eigenen Körper abfärben. Plötzliche Panikattacken, Schweißausbrüche, schlechtes Gefühl im Magen, Schlafprobleme und der Verlust vom Appetit können durch die Bindungsangst ausgelöst werden. Oft hat das Ganze was mit Selbstvorwürfen zu tun.

11.3 Die Angst überwinden

Wie du die Angst vor einer Beziehung loswerden kannst, erzähl ich dir hier. Ich will dir zeigen, dass du mit ein bisschen Einsatz dagegen angehen kannst, um vielleicht in der Zukunft wieder offen für eine Beziehung zu sein.

Die Ursachen erkennen

Erstmal musst du dir klar machen, dass das ein ernsthaftes Problem ist, was sehr stark in deine Zukunftspläne funken kann. Wenn du diesen Schritt überstanden und akzeptiert hast, solltest du mal überlegen, warum genau du so eine Angst vor Beziehungen hast. Wenn du mal selbst versteht, was die Gründe sind, bist du schon einen großen Schritt weiter. Denn das Erkennen der Ursachen geht oft Hand in Hand mit einer gewissen Selbsterkenntnis, was echt wichtig ist, um die Angst vor einer Beziehung zu überwinden.

Überprüfung der Bedrohung

Stelle fest, ob das Beziehungsdrama wirklich so schlimm ist, wie du denkst, oder ob der Moment vielleicht viel mehr wert sein kann? Immer gleich denken, dass alles an dir liegt und du Schuld bist, wenn es in der Beziehung kracht? Muss nicht immer so sein. Und vergleich nicht immer alles mit der Vergangenheit, denn die Situationen sind jetzt oft total anders. Gehe in dich und schaue wirklich genau hin, ob die Bedrohungen so krass sind, wie du zuerst dachtest. Manchmal stellt sich raus, dass sie nach einer intensiven Auseinandersetzung vielleicht gar nicht mehr so schlimm sind.

Sich der Bindungsangst stellen

Auch wenn du verstanden hast, dass die Bedrohung nicht so wild ist, wie du erst dachtest – eine gewisse Restangst bleibt oft trotzdem hängen. Hier hilft eigentlich nur, dass du deinen inneren Helden spielst und dich dieser Angst stellst. Manchmal ist es auch cool, sich einfach auf eine bestimmte Situation einzulassen und abzuwarten, was passiert. Oft sind die Befürchtungen nämlich völlig aus der Luft gegriffen, und du merkst, dass die Angst eigentlich viele Barrieren aufgebaut hat, die für deine Zukunft nicht gerade förderlich sind. Wenn du es geschafft hast, dich der Angst zu stellen und dich vielleicht einfach auf eine Beziehung eingelassen hast, wirst du merken, dass es eigentlich gar nicht so krass war, wie es zuerst schien. Manchmal fehlt einfach ein bisschen Überwindung für den letzten Schritt. Man muss sich einfach mal selbst ein bisschen Glück verschaffen.

12 Effektive Bewältigung von Verlustangst

12 Effektive Bewältigung von Verlustangst

Das Gegenteil von Bindungsangst ist Verlustangst. Wenn in eurer Beziehung Verlustangst vorhanden ist, stellt dies für beide Partner eine Herausforderung dar. Dass kann schnell dazu führen, dass die Verlustangst die Kontrolle über die Beziehung übernimmt und das Gefühl von Sicherheit und Stabilität verloren geht. Verlustangst wird besonders problematisch, wenn sie zum anhaltenden Zustand wird und den Alltag kontinuierlich negativ beeinflusst. Zum Beispiel, wenn du ständig darüber nachdenkst, wo sich dein Partner gerade aufhält, was er macht, und Situationen in Frage stellst. Diese Anzeichen dienen als Warnsignal und deuten oft darauf hin, dass es wichtig ist, sich genauer damit auseinanderzusetzen, um Schlimmeres, wie einen wirklichen Verlust durch die Verlustangst, zu vermeiden. Um die Beziehung aufrechtzuerhalten, ist es entscheidend zu verstehen, was Verlustangst genau bedeutet, welche Auswirkungen sie auf die Partnerschaft hat und wie man effektiv damit umgehen kann. Daher ist dieses Kapitel in drei Abschnitte unterteilt.

12.1 Definition und Hintergründe der Verlustangst

Verlustangst in einer Beziehung beschreibt die intensive Furcht, den Partner dauerhaft zu verlieren. Die Ursachen dafür sind äußerst individuell und können auf unterschiedliche Weisen auftreten. Manche Menschen fürchten den Verlust des Partners aufgrund einer möglichen Konkurrenz durch eine dritte Person. In anderen Fällen tritt die Verlustangst auf, wenn der Partner einen gefährlichen Beruf ausübt oder riskante Hobbys pflegt. Häufig haben viele Beziehungen mit dieser Verlustangst zu kämpfen, und nicht selten führt sie dazu, dass die Partnerschaften nicht aufrechterhalten werden können.

12.2 Bedeutung in Beziehungen

Personen mit Verlustangst empfinden oft große Schwierigkeiten, sich fest zu binden. In einer Beziehung sehen sie kontinuierlich die potenzielle Gefahr und fürchten, dass alles den Bach hinuntergehen könnte. Diese Besorgnis führt häufig zu Eifersucht, da das eigene

Selbstwertgefühl nicht besonders stabil ist. Die Betroffenen betrachten nahezu alles als eine Bedrohung für die Beziehung. Daher gestaltet sich ein entspanntes Zusammenleben oft als äußerst knifflig. Mit der Zeit kann die Verlustangst die Beziehung vollständig kontrollieren, und oft leidet dann auch die Intimität, da die Angst dazu führt, dass sich die Partner immer weiter voneinander entfernen.

12.3 Bewährte Methoden gegen Verlustangst

Also, wenn du mit Verlustangst in der Beziehung klarkommen willst, ist der erste wichtige Punkt, offen darüber zu sprechen. Rede mit deinem Partner darüber, dass du dich total betroffen fühlst und ständig Angst hast, ihn für immer zu verlieren. Versuch dabei auch zu erklären, warum du denkst, dass das passieren könnte. Das hilft ihm, die Situation besser zu verstehen. Zusammen könnt ihr dann dran arbeiten, die Verlustangst zu minimieren. Es ist entscheidend, sämtliche Bedenken darüber, warum die Beziehung scheitern könnte, aus dem Weg zu räumen. Dies trägt dazu bei, ein Gefühl der Sicherheit zu schaffen und möglicherweise das Vertrauen innerhalb der Partnerschaft aufzubauen. Vielleicht hattest du auch schon mal eine Enttäuschung mit deinem Partner in der Vergangenheit. Das kann echt denken lassen, dass dir das wieder passieren kann. Zum Beispiel durch Fremdgehen oder einen krassen Vertrauensbruch. Dein Misstrauen gegenüber der Beziehung ist da durchaus nachvollziehbar, wenn es schon mal in der Vergangenheit einen Beweis gab. Hier sind 2 wichtige Punkte, um langfristig mit der Enttäuschung klarzukommen: Es ist von entscheidender Bedeutung, dass dein Partner aus seinen Fehlern lernt und die Verantwortung für seine falschen Taten übernimmt. Es ist essenziell, dass er ein Verständnis dafür entwickelt, warum sein Verhalten falsch war. Genauso bedeutsam ist es jedoch, dass du nach und nach wieder Vertrauen aufbaust. Dies erfordert oft Zeit, aber wie der Spruch sagt: "Die Zeit heilt alle Wunden". Je länger keine unangenehmen Vorfälle mehr geschehen, desto mehr kann das Vertrauen wieder wachsen. Die Probleme von früher werden mit der Zeit weniger wichtig und verlieren an Bedeutung.

Das kann dazu beitragen, dass die Ängstlichkeit vor dem Verlust nachlässt. Ebenso könnte es hilfreich sein, die Situation erneut mit deinem Partner zu besprechen. Eine offene Kommunikation in der Beziehung ist hier wirklich entscheidend. Das kann dir dabei helfen, die Ängstlichkeit vor dem Verlust zu verringern, indem dein Partner nochmals betont, dass solche Situationen nicht wieder auftreten werden.

Verlustängste können auch auf tieferliegende Ursachen zurückzuführen sein. Zum Beispiel können heftige Ängste in der Vergangenheit deines Partners, bedingt durch Drogen- oder Alkoholkonsum seiner Eltern, zu starken Verlustängsten in der Gegenwart führen. Die Angst vor der Unsicherheit über die Zukunft und die Frage, ob sich heute noch jemand um einen kümmern kann, können intensivere Verlustängste in der Zukunft hervorrufen. Besonders in jungen Jahren, wenn man noch stark von den eigenen Eltern abhängig ist, kann dies das Selbstwertgefühl beeinträchtigen und die Verlustängste verstärken.

Ein weiterer Punkt aus der Vergangenheit, der zu Verlustängsten in einer Beziehung führen kann, ist der Verlust eines oder beider Elternteile in der Kindheit. Da die Verarbeitung solcher Erlebnisse nicht über Nacht geschieht, ist es eine gute Idee, professionelle Hilfe in Anspruch zu nehmen. Psychotherapeuten können dabei unterstützen, die Vergangenheit aufzuarbeiten und die Verlustängste nach und nach zu reduzieren. Therapeutische Maßnahmen helfen dabei, das Selbstwertgefühl zu stabilisieren und das Selbstvertrauen zu stärken. Hier lernt man, die innere Sicherheit wieder aufzubauen und das Vertrauen in sich selbst und die Beziehung zurückzugewinnen.

12.4 Fazit

Die Verlustangst kann echt üble Folgen haben und die Sache gefährden. Deshalb ist es mega wichtig, rauszufinden, woher die Angst eigentlich kommt. Im Text wurden verschiedene Gründe dafür genannt. Wenn du die Ursachen kennst, ist es wichtig, dagegen anzugehen. Wenn man nicht nach den Gründen sucht und nichts dagegen unternimmt, kann es leider langfristig zu einer Trennung in der Beziehung kommen.

13 Eifersucht bekämpfen

13 Eifersucht bekämpfen

Eifersucht kann echt ein Hammer für viele Beziehungen sein. Wenn es richtig krass wird, kann sie sogar zur Trennung führen. Damit es erst gar nicht so weit kommt, gibt es hier 6 coole Tipps, wie du die Eifersucht in deiner Beziehung in den Griff kriegen kannst. Aber bevor wir dazu kommen, sollten wir erstmal klären, was Eifersucht überhaupt ist, wie man merkt, wenn sie krankhaft wird, und wie sie überhaupt entsteht. Denn nur wenn du genau weißt, was dahintersteckt, kannst du das Ding auch effektiv angehen. Am Ende von diesem Kapitel weißt du dann alles, um deine eigene Eifersucht oder die deines Partners in den Griff zu kriegen.

13.1 Eifersucht verstehen

Der Schriftsteller Max Frisch hat mal gesagt:

„Eifersucht ist die Angst vor dem Vergleich."

Eifersucht ist im Grunde eine Emotion, die oft ziemlich weh tut. Dabei kriegt man von der Person, die man liebt oder mega schätzt, nicht genug Aufmerksamkeit, Respekt, Liebe und Zuneigung, und gleichzeitig wird einer anderen Person viel Anerkennung zuteil. Die, die eifersüchtig sind, kennen ihren Partner echt gut und schließen die dritte Person komplett aus. Das kann dann beim Partner Angst vor Verlust auslösen, weil die Liebe, die man bekommt, plötzlich mega in Frage gestellt wird.

13.2 Konsequenzen von Eifersucht

Eifersucht kann echt übel sein und im schlimmsten Fall zu gewalttätigem Verhalten in der Beziehung führen. Manchmal kommt es sogar zu vorübergehenden oder dauerhaften Trennungen – ein echter Beziehungskiller. Oftmals bringt Eifersucht jede Menge Streit und fette Konflikte mit sich, die die Beziehung richtig langfristig beeinträchtigen können. Auf Dauer kann Eifersucht auch richtig Stress in der Beziehung verursachen und sie total belasten. Manche werden dann auch richtig kontrollierend und spionieren ihrem Partner hinterher. Der Verdacht führt dann oft zu fiesen Tests, wo man Dinge behauptet, die nie passiert sind. In manchen Beziehungen gibt es dann auch Verbote, wie zum Beispiel: *"Du gehst am Freitag nicht auf die Party."* Manchmal wird auch richtig Druck gemacht, so nach dem Motto: *"Wenn du dich weiter mit deinem besten Freund triffst, mach ich Schluss."* Da können dann Wut und Aggressionen noch drauf kommen. Und oft versuchen eifersüchtige Menschen, den Partner vor anderen schlecht zu machen, um sich selbst besser zu fühlen. Das ist so eine Art von mentaler Dominanz.

13.3 Beispiele für eifersüchtiges Verhalten

Eifersucht kann nicht nur in Beziehungen auftauchen. Zum Beispiel kann man eifersüchtig werden, wenn in der Familie den Geschwistern mehr Aufmerksamkeit geschenkt wird als einem selbst. Oder unter Freunden, wenn der beste Kumpel einem anderen Kumpel bei Entscheidungen mehr unter die Arme greift. In Beziehungen haut es oft dann rein, wenn der Partner flirtet, einer anderen Person mehr Beachtung schenkt als einem selbst oder sogar fremdgeht. Schon Blicke oder Gesten können da voll ausreichen. Besonders anfällig für Eifersucht ist es auch, wenn der Partner in der Vergangenheit mit jemand anderem rumgemacht hat. Und Beziehungen, in denen einer der Partner schon mal betrogen wurde, sind auch oft von Eifersucht geprägt. Der ganze Fernbeziehungskram kann übrigens auch echt ein Nährboden für Eifersucht sein.

13.4 Normalität von Eifersucht in Beziehungen

Eifersucht ist echt eine übliche Sache in den meisten Beziehungen. Laut den neuesten Studien haben etwa 70% bis 80% aller Paare damit zu tun. So 25% bis 30% der Menschen, die man befragt hat, sagen von sich selbst, dass sie mega eifersüchtig sind. Also, Eifersucht ist sozusagen der normale Beziehungsalltag in Deutschland. Nur eine handvoll Paare schafft es wirklich, sich so krass zu vertrauen, dass

Eifersucht so gut wie gar nicht vorkommt.

13.5 Ursachen der Eifersucht

Eifersucht kommt oft von Neid und manchmal sogar von echtem Missgunst. Man gönnt dem Partner etwas, das man selbst gerne hätte. Da vergleichen wir uns dann mit der Person und fühlen uns irgendwie minderwertig oder weniger wert. Durch das geringe Selbstwertgefühl sehen wir oft nur das, was wir an uns selbst nicht so toll finden. Die Gründe für ein niedriges Selbstwertgefühl sind so eine Art Liste:

- Erfahrungen zu Hause in den ersten 8 Lebensjahren, zum Beispiel sich nicht geliebt fühlen.
- Erfahrungen mit gleichaltrigen Leuten, die uns glauben lassen, dass wir nicht okay sind.
- Fehler mit dem Wert unserer eigenen Person gleichzusetzen.

Auch kräftige Verluste in der Kindheit oder als Jugendlicher können zu heftiger Eifersucht führen. Zum Beispiel, wenn man von nahen Leuten im Stich gelassen oder verlassen wurde. Das kann passieren, wenn die Eltern sich scheiden lassen, ein Elternteil stirbt oder die Eltern zu viel Alkohol oder Drogen nehmen. Solche Erfahrungen können dazu führen, dass man denkt, man kann sich auf nahestehende Leute nicht verlassen. Die Angst, dass so eine Situation wieder passiert und man wieder auf sich alleine gestellt ist, sorgt dafür, dass man instinktiv alles tut, um das zu verhindern.

Auch ein Fremdgehen vom Ex-Partner kann Eifersucht auslösen. Die Angst, dass so was wieder passieren könnte, ist so stark, dass es echt schwerfällt, dem neuen Partner richtig zu vertrauen. In so einem Fall muss man das Vertrauen neu lernen.

13.6 Umgang mit krankhafter Eifersucht

Menschen, die total krass eifersüchtig sind, brauchen irgendwie dauernd Bestätigung von ihrem Partner, dass sie geliebt werden. Dazu gehört auch, dass sie ständig hören wollen, dass man sie immer noch mag, und dass sie nicht sitzengelassen fühlen. Sie zweifeln richtig an sich selbst, an ihrem Aussehen, ihrer Intelligenz und daran, dass sie auch von jemand anderem gemocht werden könnten. Eifersüchtige sagen oder denken oft so was wie: *"Wenn ich nicht mal selbst von mir überzeugt bin, warum sollte dann jemand anders das tun?"* Oder auch: *"Ich versteh einfach nicht, warum mein Partner mich mag, alle anderen haben viel bessere Eigenschaften. Die sind oft schlauer, hübscher und sehen besser aus."* Und genau hier kommen dann wieder die Ängste verlassen zu werden.

13.7 Tipps zur Selbstkontrolle

Jetzt, wo wir durchgestiegen haben, was Eifersucht ist und warum sie auftaucht, will ich euch ein paar Tipps geben, wie ihr gegen die Eifersucht vorgehen könnt. Nur wenn man diese übermäßige Eifersucht in den Griff bekommt, kann die Beziehung wieder in einen normalen Trott kommen.

Selbstwertgefühl stärken

Also, wenn du dich oft eifersüchtig fühlst, liegt das oft daran, dass dein Selbstwertgefühl im Keller ist. Um das zu ändern, musst du lernen, dich so zu mögen, wie du bist. Eifersucht bedeutet nämlich nicht, deinen Partner anzuzweifeln, sondern dich selbst. Aber wie stärkst du dein Selbstwertgefühl? Oft kommt das Gefühl, nicht genug zu sein, daher, dass wir uns selbst nicht zutrauen, bestimmte Dinge zu schaffen. Wir sagen uns immer wieder: *"Du kannst nichts"*, *"Du schaffst nichts"* oder *"Du siehst nicht gut aus"*. Diese negative Einstellung spiegelt sich dann auch in der Eifersucht wider. Aber Vorsicht: Ein gesundes Selbstwertgefühl kommt nicht von vielen Freunden, viel Geld oder einem makellosen Aussehen. Das ist nur oberflächlich und kann schnell zerbrechen. Ein starkes Selbstwertgefühl kommt von innen. Es basiert darauf, von sich selbst überzeugt zu sein und nicht an seinem eigenen Wert zu zweifeln. Um dein Selbstwertgefühl zu stärken, solltest du öfter Dinge tun, die dir Spaß machen. Das macht dich dauerhaft zufriedener. Wenn dir jemand ein Kompliment macht, nimm es an und freu dich darüber. Oft wehren wir Komplimente ab und reden uns ein, dass wir nicht so toll sind, wie andere denken. Wenn du Erfolge erzielst, belohne dich dafür. Führe zum Beispiel ein Erfolgsjournal, in dem du regelmäßig deine Erfolge notierst und dir immer wieder vor Augen hältst, was du erreicht hast. Entwickle deine Talente und konzentriere dich auf das, was du gut kannst. Wenn wir uns nur auf unsere Schwächen konzentrieren, erleben wir öfter Misserfolge. Schaffe dir also ein positives Umfeld, das dich in dem, was du tust, unterstützt. Das macht dich automatisch erfolgreicher. Indem du dich selbst bestärkst und zeigst, was du alles kannst, hörst du irgendwann automatisch auf zu zweifeln, dass dich dein Partner für jemand anderen verlassen könnte. Du bist dann die Nummer 1 und stehst dazu.

Ziele setzen

Wenn du dir Ziele gesetzt hast, die du erreichen willst, dann bleib dran! Das gibt deinem Selbstbewusstsein und deinem Selbstvertrauen einen ordentlichen Boost. Sei es der Führerschein, die Eröffnung deines eigenen Cafés, das Studium oder einfach ein paar Kilo weniger auf den Rippen. Fang heute an, mach den ersten Schritt, und überleg dir einen Plan, bis wann du das schaffen willst. Wenn du ein bisschen Druck magst, erzähl es ruhig deinen Freunden. Du wirst mega stolz auf dich sein, wenn du dein Ziel dann auch wirklich erreichst!

Unabhängig vom Partner werden

Ein weiterer wichtiger Schritt wäre, ein bisschen unabhängiger von deinem Partner zu werden. Du könntest versuchen, dir einen Raum zu schaffen, der auch ohne deinen Partner funktioniert. Das heißt, dass du dich mit Freunden treffen oder dir ein eigenes Hobby suchen könntest. Denk mal darüber nach, was du schon immer gerne gemacht hast, und finde dann jemanden, mit dem du das gemeinsam machen kannst. Nimm dir Aufgaben vor, die dich nach ihrer erfolgreichen Erledigung zufriedenstellen. Es könnte helfen, diese persönlichen Erfolge anzuerkennen, um langfristig unabhängiger von deinem Partner zu werden.

Offener Dialog über Enttäuschungen in der Vergangenheit

Sprich mal mit deinem Partner über die Enttäuschungen, die du in der Vergangenheit erlebt hast. Das kann zum Beispiel sein, wenn du als Kind schon früh auf dich allein gestellt warst oder jemand (Eltern, Ex-Partner usw.) dich im Stich gelassen hat. Durch ein ehrliches Gespräch und das Teilen deiner Gedanken erleichterst du deine Last gegenüber deinem Partner. Dein Partner versteht dann besser, warum du manchmal eifersüchtig bist. Auf die Weise könnt ihr euch beide besser aufeinander einstellen.

Sich selbst lieben lernen

Noch eine wichtige Sache ist, sich selbst liebzuhaben. Damit das funktioniert, müssen wir vor allem diese innere Kritik abstellen. Ein weiterer Knackpunkt ist, dass wir unsere Sicht auf uns selbst und unser Selbstvertrauen steigern sollten. Du wirst merken, dass die verschiedenen Aspekte, um gegen Eifersucht anzukommen, oft miteinander verflochten sind.

Professionelle Hilfe

Wenn nichts hilft, um die Eifersucht in den Griff zu kriegen, und die Probleme nicht besser werden, kann ein Therapeut oder auch ein Paartherapeut eine Option sein. Die können tiefer in die Ursachen einsteigen und Wege aus der Situation aufzeigen. Aber dafür muss der Eifersüchtige erstmal das Problem erkennen und akzeptieren, und es muss der Wille da sein, was daran zu ändern. Sonst kann auch der beste Paartherapeut nicht viel machen.

Fazit

Eifersucht ist so eine riesige Baustelle und kann echt stressig für eine Beziehung werden. Es ist wichtig zu realisieren, dass da ein Problem ist und man selbst bereit sein muss, da was zu ändern. Nur so kann man langfristig eine entspannte Beziehung führen.

14 Umgang mit Narzissmus in der Beziehung

14 Umgang mit Narzissmus in der Beziehung

Viele Menschen wissen, wie es ist, wenn in einer Beziehung jemand die Kontrolle übernimmt. Oft zeigt das ein narzisstisches Verhalten vom Partner. Wie man mit Narzissmus und so einem narzisstischen Partner umgeht, erkläre ich dir in diesem Kapitel.

14.1 Definition von Narzissmus

Narzissmus bedeutet im Grunde genommen, dass jemand sehr stark sich selbst attraktiv findet. Das äußert sich oft durch krasses Selbstbewusstsein und Selbstverliebtheit, und diejenigen, die davon betroffen sind, zeigen das total übertrieben. Narzissten sind auch oft ziemlich eitel, man erkennt das an ihrer übertriebenen Selbstwertschätzung für ihr Äußeres. Die legen sehr viel Wert darauf, wie sie nach außen wirken, was man an ihrem makellosen Aussehen und den vielen Stunden im Badezimmer für ihre Körperpflege merkt.

14.2 Auswirkungen auf die Beziehung

In richtig krassen Fällen von Narzissmus, das nennt man auch bösen Narzissmus, kann das echt übel für die Beziehung sein. Wenn der Partner total egozentrisch drauf ist, kann das die ganze Beziehung ziemlich belasten. Oft geht das auf Kosten des anderen und ist voll auf die eigene Gunst ausgerichtet. Da wird die Aufmerksamkeit total einseitig verteilt, was der Beziehung überhaupt nicht gut tut. Diejenigen, die davon betroffen sind, fühlen sich nicht auf Augenhöhe mit dem Partner. Da ist immer das Gefühl, irgendwie unterwürfig zu sein.

14.3 Erkennung narzisstischen Verhaltens

Narzissten sind eigentlich ziemlich leicht zu erkennen, vor allem durch ihre mega selbstbezogene Art. Aber die 4 E's können dir noch mehr Klarheit verschaffen, um einen Narzissten genau zu identifizieren. Die vier E's sind:

1. Egomanie: Das ist eine krankhafte Selbstzentriertheit. Für die dreht sich echt alles um sie selbst, bei allem, was im Alltag passiert. Die wollen immer im Mittelpunkt stehen und sehen viele Dinge als total "auf sich selbst bezogen" an.

2. Empfindlichkeit: Narzissten sind oft mega sensibel. Kleine Bemerkungen nehmen die sofort persönlich und interpretieren das entsprechend. Die hohe Sensibilität führt oft zu Stress und Missverständnissen in der Beziehung.

3. Empathiemangel: Hier fehlt es an Einfühlungsvermögen. Die können oft nicht nachvollziehen, wie andere sich fühlen. Und wenn doch, dann beziehen die das meistens total auf sich und hängen das an ihre eigenen Sachen. Die können sich kaum in andere reinversetzen, vor allem nicht in Leute, die ihnen nahestehen.

4. Entwertung anderer: Durch ihre übertriebene Selbstbezogenheit merken Narzissten oft nicht, wie sehr sie andere verletzen oder abwerten. Weil für die das eigene Bedürfnis immer an erster Stelle steht. In normalen Beziehungen sollte das ja eigentlich ausgeglichen sein, aber diese Ichbezogenheit und das Abwerten anderer führen oft zu Konflikten.

14.4 Ursachen für Narzissmus beim Partner

Narzissmus wird oft auf die Erfahrungen aus der Kindheit zurückgeführt. Dabei muss das nicht zwangsläufig zu einer richtigen narzisstischen Störung führen. Menschen, die davon betroffen sind, haben vielleicht in ihrer Erziehung wenig oder gar keine Liebe von ihren Eltern oder anderen wichtigen Bezugspersonen erfahren. Das

Fehlen von Liebe in der Kindheit kann dazu führen, dass sie das in ihrem ganzen Leben an andere weitergeben. Aber es kann auch das andere Extrem geben, das zu so einer narzisstischen Sache führt. Wenn sie zum Beispiel krass bewundert wurden, besonders von Eltern oder so, kann das zu einer übertriebenen Selbsteinschätzung führen. Narzissten haben dann oft die Angst, den Erwartungen der anderen nicht zu genügen oder haben eine total übertriebene Selbstansicht. Die Einstellungen sind da echt unterschiedlich.

Hier sind mal zwei typische Einstellungen von Narzissten:

- *"Ich muss voll viel machen, um geliebt zu werden und es anderen recht zu machen."*
- *"Liebe, Anerkennung und Wertschätzung bekomm ich, weil ich voll besondere Talente und Eigenschaften habe."*

Die Gründe für Narzissmus sind also total verschieden und hängen von den Erfahrungen aus der Kindheit ab. Die Ausprägungen zeigen sich oft schon in der Kindheit und bleiben dann bis in feste Beziehungen oder Partnerschaften bestehen.

14.5 Strategien im Umgang mit einem narzisstischen Partner

Bei einem Narzissten sehen die Partner oft nicht als eigenes Individuum, sondern mehr als eine Art Erweiterung von sich selbst. Das ist total typisch für eine narzisstische Beziehung. Wenn nach der Anfangsphase des Verliebtseins der Alltag einkehrt, wird klar, dass die Beziehung mal einen Rundumschlag braucht. Am Anfang merkt man oft nicht so krass, wie der Narzisst die Show steuert, weil da meistens die Schwärmerei und die gegenseitige Anziehung im Vordergrund stehen. Erst später wird deutlich, wie krass die Selbstbezogenheit des Partners ist.

Du könntest mal versuchen, direkt mit deinem Partner zu reden und über eure Beziehung zu sprechen. Da sollten vor allem deine eigenen Wünsche und Gefühle im Mittelpunkt stehen. Aber auch klare

Grenzen, die dir wichtig sind, solltest du nicht außen vor lassen. Ziel sollte sein, in dem Gespräch zu checken, dass Neid, Manipulation und falsche Interpretationen in Zukunft vermieden werden. Wenn das nicht so gut funktioniert, könnte auch therapeutische Hilfe eine gute Idee sein, damit die übertriebene Selbstbezogenheit deines Partners mit der Zeit ein bisschen abflacht. Wichtig ist, dass dein Partner selbst merkt und einsieht, dass da ein Problem ist. Du könntest ihm klar machen, dass die ganze Egomanie die Beziehung langsam, aber sicher zerstört.

14.6 Zeitpunkt für Beziehungsende überdenken

Viele Frauen haben auf Dauer Schwierigkeiten damit, sich ständig in einer Beziehung zu unterwerfen. Eine Beziehung sollte eben ausgeglichen sein, und jeder sollte ähnliche Wertschätzung erfahren wie der andere. Wenn das Gleichgewicht einseitig kippt, wird es schwierig, die Beziehung dauerhaft intakt zu halten. Das ist meistens total verständlich und legitim. Die ständige Unterwerfung des Partners kann oft zu langfristigem Unwohlsein in der Beziehung führen.

Wenn du persönlich nicht mehr mit dem übersteigerten Selbstwertgefühl deines Partners klarkommst, die Situation dich dauerhaft belastet und er keine Hilfe sucht, dann sollte man überlegen, ob man die Beziehung nicht beendet. Für viele ist es einfach zu viel, dauerhaft die eigenen Bedürfnisse unter die des Partners zu stellen. Die Entscheidung, die Beziehung zu beenden, kann dann richtig befreiend und entlastend sein. Oft merkt man erst nach der Trennung, welchem massiven Druck man in der Partnerschaft dauerhaft ausgesetzt war.

15 Verliebt trotz bestehender Beziehung

15 Verliebt trotz bestehender Beziehung

Führst du die Beziehung schon seit Langem und plagt dich das Gewissen, weil du für jemand anderen Gefühle entwickelt hast? Keine Sorge, das Verlieben passiert öfter als man denkt, selbst wenn man schon einen Partner hat. Sich in jemand anderen zu vergucken, obwohl man in einer Beziehung ist, ist erstmal kein Weltuntergang. Es kommt eher drauf an, wie du damit umgehst. Deshalb gibt es hier ein paar Tipps, wie du mit der Situation umgehen kannst, ohne dich komplett ins Chaos zu stürzen.

15.1 Gelassenheit bewahren

Es ist wichtig, vorerst einen kühlen Kopf zu bewahren. Treffe nicht überstürzt irgendwelche Entscheidungen. Eine Beziehung zu beenden ist deutlich unkomplizierter als eine, die über Jahre aufgebaut wurde. Also, nimm dir einen Moment, tief durchzuatmen. Oft entpuppt sich diese intensive Verliebtheit als vorübergehender Rausch. Daher wäre es ratsam, zunächst etwas abzuwarten und zu beobachten, wie sich deine Gefühle entwickeln. Manchmal lassen uns die anfänglichen Glücksgefühle die Realität aus den Augen verlieren. Wenn du die Nerven behältst und ruhig bleibst, kannst du vermeiden, vorschnelle Entscheidungen zu treffen, die du später bereuen könntest. Viele Frauen, mit denen ich gesprochen habe, haben dies im Nachhinein bedauert, da sie sich durch die Glücksgefühle ein wenig geblendet fühlten. Also, mein Ratschlag ist, vorerst die Ruhe zu bewahren und abzuwarten, wie sich die nächsten Wochen entwickeln.

15.2 Freude über aufkommende Gefühle

Statt in absolute Panik zu verfallen, könntest du dich über die freudige Aufregung freuen. Schließlich weiß man nie, wann dieses Gefühl wieder auftaucht. Lass diese zarten Emotionen auf dich wirken und dich ein wenig aufmuntern. Es tut der Seele wirklich gut, mal wieder dieses lebendige Gefühl zu erleben. Freue dich darüber und lass die kleinen freudigen Emotionen einfach fliegen. Sie werden ohnehin von alleine wieder landen.

15.3 Klarheit schaffen

Verschaffe dir Klarheit, vielleicht gönnst du dir eine Auszeit am See – natürlich ohne deinen aktuellen Partner und ohne denjenigen, in den du dich verguckt hast. Plane mit einer Freundin einen Trip an einen Ort, an dem du dich entspannen und neue Gedanken fassen kannst. Eine idyllische und entspannte Insel wie Samos in Griechenland könnte beispielsweise eine hervorragende Wahl sein. Die Hauptsache ist, dass du an diesem Ort Ruhe finden und die Dinge mit etwas Abstand betrachten kannst. Dieser Abstand gewährt dir eine Prise Objektivität, die dir dabei hilft, besser zu entscheiden, ob die aktuelle Neigung wirklich die richtige für dich ist. Nutze die Zeit, damit auch die Schmetterlinge mal eine Pause bekommen können. Oft verliert die ganze Euphorie an Farbe, wenn alles ein wenig ruhiger wird und du die Dinge klarer siehst. Gönne dir diese Auszeit, um die Situation besser zu bewerten. Falls du nicht verreisen möchtest, ist auch ein Städtetrip eine gute Option – Hauptsache, du kommst mal raus aus deinem gewohnten Umfeld. Das wird dir helfen, die aktuelle Einbahnstraße, in der du dich befindest, aus einer anderen Perspektive zu betrachten.

15.4 Austausch mit Freunden und Familie

Nachdem du für dich persönlich ein bisschen Klarheit gefunden hast, könntest du auch einfach mal bei deinen Freunden oder deiner Familie nach Rat fragen. Klar, es kann passieren, dass die Ratschläge erstmal ein bisschen wirr klingen, aber im Endeffekt sollen die dir helfen, die Situation objektiver zu sehen. Die Erfahrungen von Freunden und Familie können oft echt wertvoll sein. Der Rat, den die dir geben, ist meistens Gold wert. Deine Familie kann dich vielleicht nochmal anders einschätzen und will im Grunde nur das Beste für dich. Natürlich ist es ratsam, nur auf die Meinungen von Freunden und Vertrauten zu hören, denen du zu 100% vertrauen kannst. Teile mit ihnen, wie es zu dieser Situation gekommen ist, was du gerade denkst, und wie du persönlich die Lage einschätzt. Bitte dann um die Ansichten deiner Freunde und Familienmitglieder, wie sie die Situation beurteilen und was sie an deiner Stelle tun würden.

15.5 Entscheidungsfindung

Früher oder später steht die Entscheidung an, die du treffen musst. Diese Entscheidung ist nicht nur für dich wichtig, sondern auch fair gegenüber deinem Partner. Nimm dir noch einmal Zeit, um beide Optionen mit ihren Konsequenzen zu überdenken und zu bewerten. Höre auf dein Herz, deinen Bauch und deinen Verstand. Die Hauptsache ist, dass du eine klare Entscheidung triffst. In der Schwebe zu bleiben und unsicher zu sein, kann mitunter anstrengender sein als die eigentliche Entscheidungsfindung. Sobald du dich für einen Weg entschieden hast, kommt der Zeitpunkt, an dem du aktiv werden musst.

15.6 Handlungsbedarf erkennen

Nachdem du deine persönliche Entscheidung getroffen hast, ist es nun an der Zeit, auch entsprechend zu handeln. Natürlich ist das einfacher gesagt als getan, insbesondere wenn deine gesamte Zukunftsplanung davon abhängt. Ganz gleich, ob du dich in jemand Neues verguckt hast oder bei deinem aktuellen Partner bleiben möchtest, die Handlung ist entscheidend. Falls du dich für deine bestehende Beziehung entscheidest, teile dies dem neuen Menschen in deinem Leben mit und brich den Kontakt zu ihm anschließend konsequent ab. Auch wenn es schwierig ist, bleibe standhaft, selbst wenn er versucht, dich auf liebevolle Weise umzustimmen. Stehe zu deiner Entscheidung und ziehe sie konsequent durch, auch mit allen Konsequenzen. Das Gleiche gilt für deinen bisherigen Partner. Wenn du dich entscheidest, die Beziehung zu beenden, musst du es ihm mitteilen. Der Weg könnte etwas schmerzhafter sein, da die Bindung länger besteht und die Gefühle intensiver sind. Wähle einen ruhigen Ort und einen Zeitpunkt ohne wichtige Termine oder persönliche Verpflichtungen, um ihm die Nachricht mitzuteilen. Das ist fair und respektvoll ihm gegenüber.

15.7 Fokussierung auf Lösungen

Nachdem du die Entscheidung getroffen und gehandelt hast, solltest du dich jetzt drauf konzentrieren. Zieh deine Entscheidung durch, mit allen Konsequenzen, und steh dazu. Wenn Zweifel aufkommen, erinnere dich an die Gründe, warum du diese Entscheidung getroffen hast. Du hast dich schließlich nicht ohne Grund für diesen Weg entschieden.

16 Beziehungspause

16 Beziehungspause

Wenn die Probleme in einer Beziehung einfach nicht in den Griff zu bekommen sind, kann es ab und zu sinnvoll sein, eine Beziehungspause einzulegen. So kannst du herausfinden, ob die Gefühle noch so stark sind, wie sie sein sollten, und es verschafft dir ein bisschen mehr Klarheit, um den aktuellen Zustand objektiv zu betrachten. In diesem Kapitel will ich vor allem zeigen, ob eine Beziehungspause eine gute oder schlechte Idee ist und wie man die Zeit effektiv nutzen kann. Des Weiteren werde ich dir einige Richtlinien präsentieren, die es während einer vorübergehenden Beziehungspause zu berücksichtigen gilt.

16.1 Anzeichen für eine sinnvolle Beziehungspause

Eine Auszeit in der Beziehung kann eine sinnvolle Maßnahme sein, wenn du unsicher über deine eigenen Gefühle geworden bist. Wenn du dir nicht mehr sicher bist, ob die Partnerschaft eine Zukunft hat, bietet eine Pause die Möglichkeit, sich innerlich zu sortieren und wieder eine klare Richtung zu finden. Betrachte die Beziehungspause als einen inneren Kompass oder Leitfaden, der dir helfen kann, wieder Klarheit zu gewinnen. Gewohnheiten können dazu führen, dass wir innerlich verblendet sind und den Blick für das Wesentliche verlieren. In solchen Momenten kann es hilfreich sein, die eigene Komfortzone zu verlassen, um die Perspektive auf die Partnerschaft zu verändern. Die Beziehungspause ermöglicht, die subjektive Sichtweise zu verlassen und eine objektivere Position einzunehmen, auch wenn vollständige Objektivität nicht möglich ist. Der Abstand hilft dabei, die Situation klarer zu sehen und mit einer gewissen Distanz zu bewerten.

16.2 Vorteile einer Beziehungspause

Ob eine Beziehungspause Vorteile mit sich bringt, ist stark von der individuellen Situation des Paares abhängig. Es kommt darauf an, ob das Paar die Pause als eine Art Übergang zur Trennung betrachtet oder tatsächlich eine Chance sieht, bestehende Beziehungsprobleme zu lösen. Es gibt zweifellos Vorteile, wie zum Beispiel die Möglichkeit, Zeit für sich selbst zu haben. In dieser Zeit kann man reflektieren, wie man selbst zur Partnerschaft steht. Die räumliche Distanz ermöglicht es auch, sich über die eigenen Gefühle klar zu werden. Darüber hinaus kann man herausfinden, ob man den Partner vermisst und wie viel einem die Beziehung bedeutet. Insgesamt trägt eine Beziehungspause dazu bei, die eigenen Gefühle klarer zu erkennen und die Chancen für eine gemeinsame Zukunft besser einzuschätzen.

16.3 Nachteile und Risiken

Eine Phase der Beziehungspause kann dazu führen, dass sich die Partner voneinander entfernen. Nach einer gewissen Zeit der räumlichen Trennung kann es passieren, dass die emotionalen Bindungen nachlassen und einem bewusst wird, dass der Partner möglicherweise nicht mehr so bedeutend ist. In dieser Phase könnte die Entscheidung reifen, die Beziehung endgültig zu beenden.

16.4 Effektive Nutzung der Beziehungspause

Eine Auszeit in der Beziehung bietet eine Gelegenheit, persönliche Fragen zu klären. Hier sind einige Fragen, die dir bei diesem Prozess helfen könnten:

- Handelt es sich bei der Partnerschaft nur noch um Liebe oder eher um Gewohnheit?
- Vermisst du deinen Partner?
- Kannst du dir vorstellen, ohne ihn zu leben?
- Fühlst du dich in der Beziehung einsam?
- Gibt es noch Leidenschaft?

- Kannst du dir einen neuen Abschnitt vorstellen?
- Müssen dafür bestimmte Voraussetzungen (zum Beispiel mehr Zeit) erfüllt werden?
- Fehlt dir etwas Bestimmtes in der Beziehung, und wie könnte sich das ändern?
- Kann man die Beziehung überhaupt noch so ändern, dass sich beide Partner wohl fühlen?
- Welche persönlichen Ziele hast du in der Zukunft, und sind die mit der Beziehung vereinbar?

Es ist ratsam, diese Phase der Beziehungspause effektiv zu nutzen, um Klarheit über diese Fragen und ihre Antworten zu gewinnen. Falls du eine Chance und eine Zukunft für die Beziehung siehst, könnte es sinnvoll sein, sich mit deinem Partner zusammenzusetzen und eure persönlichen Wünsche, Ziele und Träume abzugleichen. Auf diese Weise könnt ihr gemeinsam überlegen, ob die Beziehung noch für beide Partner einen sinnvollen Weg darstellt.

16.5 Bewertung der Situation

Die Einschätzung kann jeder für sich selbst vornehmen. Häufig wird erst nach einer Beziehungspause deutlich, ob die Entscheidung sich als positiv erwiesen hat. Die Pause erweist sich als förderlich oder vorteilhaft, wenn sie dazu beiträgt, klarer darüber zu werden, was man wirklich möchte und wie die Zukunft der Beziehung aussehen soll. Ebenfalls positiv ist die Pause, wenn sie zu dem Entschluss führt, dass der bisherige Weg nicht fortgesetzt werden kann. Sie ist förderlich, wenn eine persönliche Entscheidung getroffen wurde.

Eine Beziehungspause wird als weniger günstig betrachtet, wenn trotz der Pause keine klare Entscheidung getroffen werden konnte. Dies tritt auf, wenn man weiterhin in einem Zustand der Unsicherheit verharrt und keine eindeutige Entscheidung für sich selbst getroffen hat. Dieser Zustand der Unsicherheit kann ziemlich belastend sein. Daher halte ich es für äußerst wichtig, während der Beziehungspause zu einer klaren Entscheidung zu kommen.

16.6 Aufstellung von klaren Regeln

Es ist äußerst wichtig, klare Vereinbarungen während einer Beziehungspause zu treffen, um mögliche Konflikte zu vermeiden. Legt fest, ob es während dieser Pause akzeptabel ist, mit anderen zu flirten oder sogar mehr. Überlegt gemeinsam, wie lange ihr die Pause für sinnvoll erachtet. In der Regel sind etwa 4 Wochen eine angemessene Zeitspanne für eine Beziehungspause. Diese Zeitspanne erscheint weder zu kurz noch zu lang. Eine zu lange Pause könnte dazu führen, dass ihr euch zu sehr an die neuen Gegebenheiten gewöhnt. Andererseits bietet eine zu kurze Pause nicht genug Zeit, die Beziehung mit etwas Abstand zu betrachten. Ein Zeitraum von 4 Wochen sollte definitiv ausreichend sein. Dabei ist es wichtig, dass ihr beide euch bewusst macht, aus welchem Grund die Beziehungspause notwendig ist. Besprecht gemeinsam eure Absichten und stellt sicher, dass beide Parteien klar verstehen, warum die Beziehungspause unumgänglich ist.

16.7 Treue während der Pause

Es ist entscheidend, vorab festzulegen, ob während der Beziehungspause Interaktionen mit anderen erlaubt sind, sei es intimere Begegnungen oder nur das Knutschen und Flirten. Dies sollte definitiv im Vorfeld geklärt werden. Sofern beide Partner zustimmen, gibt es grundsätzlich keine Hindernisse. Jedoch ist von wesentlicher Bedeutung, dass beide die gleiche Ansicht zu diesem Thema teilen und sich einig sind.

16.8 Fazit

Gelegentlich kann es sinnvoll sein, eine Auszeit in Betracht zu ziehen, wenn man nicht mehr zu hundert Prozent sicher ist, ob die Partnerschaft noch einen Sinn ergibt. Eine Pause bedeutet nicht zwangsläufig das Scheitern der Beziehung. Im Gegenteil, ich kenne viele Paare, die durch eine Auszeit einen neuen Kurs eingeschlagen haben und nun glücklicher sind als zuvor.

17 Vertrauen wieder aufbauen

17 Vertrauen wieder aufbauen

Wenn man versucht, das Vertrauen wieder aufzubauen, dann ist meistens schon ziemlich was schiefgelaufen. Irgendwas Krasses ist passiert, sei es, dass der Partner Mist gebaut hat, fremdgegangen ist oder sonstwie Mist gebaut hat. Aufgrund des Wunsches, die langjährige Partnerschaft nicht einfach aufzugeben, wird gemeinsam entschieden, der Beziehung eine zweite Chance zu geben. Jedoch hat durch diese Herausforderung oft ein fundamentaler Bestandteil einer gesunden Partnerschaft erheblich gelitten – das Vertrauen. Ohne Vertrauen lässt sich in einer Beziehung nicht viel aufbauen, da es als eine grundlegende Säule betrachtet wird. In diesem Abschnitt geht es darum, wie man das Vertrauen wiederaufbauen kann, damit hoffentlich beide Partner wieder Glück in ihrer Beziehung finden können.

17.1 Klarheit über eigene Bedürfnisse gewinnen

Wenn das Vertrauen mal in die Brüche gegangen ist, ist es oft echt eine Herausforderung, das wieder hinzubiegen. Wichtig ist da erstmal, für sich selbst klarzukriegen, was man überhaupt will. Also, ob man der Beziehung noch eine Chance geben kann und ob man wirklich innerlich dazu bereit ist. Dann kommt oft die etwas weniger coole Erkenntnis, dass die Beziehung durch das Ganze so gelitten hat, dass es schwer wird, das wieder hinzukriegen. Da stellt sich dann die Frage: *"Hat die Beziehung überhaupt noch eine Zukunft?"* Und oft kommt als Antwort: *"Ja, aber nur, wenn er nicht nochmal so ein Mist baut."* Da können wir dann gemeinsam dran arbeiten und ich zeig dir, was wichtig ist, um das Vertrauen wieder aufzubauen.

17.2 Offene Kommunikation

Auch wenn es zunächst einfach erscheint, lass mal richtig Luft ab über die gesamte Situation. Äußere deine Frustration ruhig, schreie vielleicht ein wenig, bringe Vorwürfe zum Ausdruck, nimm kein Blatt vor den Mund, sei eventuell sogar etwas provokant. Hauptsache, du entlädst deinen Frust vollständig. Dies ist wichtig, damit der gesamte Ärger, die Wut und der Zorn, die sich im Laufe der

Zeit in dir angestaut haben, einen Ausweg finden können. Die negativen Gefühle müssen aus deinem System heraus. Manchmal hilft es auch, sich aktiv zu bewegen. Der Körper baut dadurch den angestauten Stress ab. Dies trifft sowohl auf berufliche Angelegenheiten, das Studium als auch auf Beziehungen zu. Also, wenn du beispielsweise eine ausgedehnte Joggingrunde drehst, kann das deinem Kopf und Körper wirklich guttun.

17.3 Verzicht auf Schuldzuweisungen

Möchtest du das Vertrauen wiederherstellen, ist es im nächsten Schritt wesentlich, jegliche Schuldzuweisungen erst einmal außen vor zu lassen. Denn wenn du nur noch rummoserst oder ständig Vorwürfe machst, dann schaffst du dir nur ein neues Problem. Deshalb ist es wichtig, nachdem du mal ordentlich Dampf abgelassen hast, diese Schuldgeschichte sein zu lassen. Wenn du immer wieder darauf rumreitest, wird es auch für deinen Partner schwieriger, die Beziehung wieder auf ein normales und erträgliches Niveau zu bringen.

17.4 Akzeptanz der Situation

Die Situation, die sich ereignet hat, hat dich sicherlich ziemlich mitgenommen. Aber ehrlich gesagt, kannst du jetzt auch nichts mehr daran ändern. Es ist einfach geschehen, und die Zeit lässt sich nun mal nicht zurückdrehen. Daher ist es wichtig, dass du die gesamte Situation einfach so akzeptierst, wie sie jetzt ist. An der Tatsache, dass es so verlaufen ist, kannst du sowieso nichts mehr ändern. Das Einzige, was du beeinflussen kannst, ist deine innere Einstellung zu der Angelegenheit. Viele Frauen, die sich in einer solchen Situation befanden und die Situation einfach akzeptiert haben, auch wenn es im Moment wirklich schwer ist, empfinden es nach einer Weile bereits als deutlich besser.

17.5 Klare Aussprache

Es ist irgendwann einfach an der Zeit, dass du deinem Freund oder Liebhaber mal deutlich deine Meinung sagst. Damit meine ich, dass du ihm unmissverständlich mitteilst, wie sehr er dich verletzt hat, welche Auswirkungen das auf dich hatte, wie enttäuscht du bist und inwiefern das Vertrauen jetzt gefährdet ist. Normalerweise folgt an dieser Stelle eine Entschuldigung. Falls diese ausbleibt, könntest du ihn einfach fragen, wie er beabsichtigt, das Ganze wieder in Ordnung zu bringen. Jetzt gilt es in vielen Fällen erst einmal abzuwarten.

17.6 Akzeptanz und Vergebung

Wenn er sich richtig entschuldigt hat und es ernst meint, dann kommt der Moment, wo du ihm verzeihen solltest. Sag einfach: "Ich verzeihe dir." Wenn du es laut aussprichst, meine ich wirklich von Herzen, dann machst du innerlich einen Schlussstrich. Es ist wie eine unsichtbare Mauer, die du vorher hattest und die jetzt überwunden ist. Und genau da wird er merken, dass es echte Hoffnung für die Beziehung gibt.

17.7 Prävention von erneuten Problemen

Überlegt zusammen, wie ihr sicherstellen könnt, dass so etwas nicht nochmal passiert. Sag ihm klipp und klar, dass du keine erneute Entschuldigung akzeptierst. Er sollte sich wirklich Gedanken machen und überlegen, was für euch beide am besten ist. Falls die Probleme tiefgreifend sind, kann auch eine Paartherapie helfen. Oder es kommt darauf an, dass er realisiert, dass gewisse Leute vielleicht einfach nicht die richtigen für ihn sind. Manchmal muss man im Leben eben Entscheidungen treffen. Beim Wiederaufbauen von Vertrauen bedeutet es übrigens nicht, ihn vor die Wahl zu stellen, so nach dem

Motto: *"Entweder du oder ich."* Sei lieber diplomatisch und gib ihm wirklich die Chance, die du versprochen hast.

17.8 Wachsamkeit bewahren

Sei weiterhin aufmerksam, besonders in den ersten Tagen, und behalte die Situation kritisch im Auge. Natürlich übertreib es nicht, aber es ist wichtig, wachsam zu sein und zu sehen, ob so etwas nochmal passieren könnte. Das ist einfach für deine eigene Sicherheit.

17.9 Zeit und Liebe als Heilmittel

Bist du vertraut mit der Redewendung "die Zeit heilt alle Wunden"? Handle danach. Selbst wenn dein Vertrauen erschüttert wurde, nimm dir die Zeit, die du benötigst. Und wenn du das Gefühl hast, dass der geeignete Moment gekommen ist, offenbare ihm erneut deine Liebe – aufrichtig und offen.

17.10 Fazit

Das Wiedergewinnen von Vertrauen stellt wirklich eine Herausforderung dar. Doch wenn du den Weg des Vergebens lernst und dein Partner ebenfalls bereit ist, sich für die Beziehung einzusetzen, kann eure Bindung schnell wieder aufblühen. Wesentlich ist, dass ihr beiden euch Zeit und Raum gebt, um das Vertrauen erneut aufzubauen. Nur wenn beide an einem Strang ziehen, kann eure Partnerschaft langfristig wieder richtig harmonisch werden.

Das Gesetz der Anziehung
3 Stunden Online Kurs mit mir

Das Gesetz der Anziehung besagt, dass Gleiches: Gleiches anzieht. Mit anderen Worten: Das, worauf du deine Aufmerksamkeit richtest, ziehst du in dein Leben. Dieser Kurs bietet dir nicht nur ein tiefes Verständnis dieses Gesetzes, sondern auch praktische Anleitungen, wie du es bewusst nutzen kannst, um positive Veränderungen in verschiedenen Lebensbereichen zu manifestieren.

 **Mehr Infos**

**Spare 20% mit POET20 beim Kauf.
Rabatt gibt es nur in Kombination mit diesem Buch!**

Scan mich!

Bonus I
Vertrauen aufbauen

Inhaltsverzeichnis

1 Was bedeutet Vertrauen für deinen Partner?

Also, bevor wir hier durcheinanderkommen, lass uns erstmal klären, was wir eigentlich genau unter Vertrauen verstehen, okay? Das Wort kommt ja ständig bei uns vor, aber meinen wir wirklich alle dasselbe? Ich frag meine Paare immer zuerst, was für sie Vertrauen in einer Beziehung bedeutet. Klar, du hast bestimmt sofort eine Vorstellung im Kopf, was Vertrauen für dich ist. Aber es gibt da echt viele Möglichkeiten, und du wirst überrascht sein, wie vielfältig das sein kann. Stell dir mal vor, all die verschiedenen Kulturen auf der Welt und wie unterschiedlich die Beziehungen da gehandhabt werden. Manche nehmen das lockerer, andere vielleicht etwas "strenger". Jedes Paar lebt und empfindet Vertrauen auf seine eigene Art. Um das mal zu veranschaulichen, erzähl ich dir von 5 Leuten, die mir erklärt haben, wie sie Vertrauen sehen. Vielleicht kannst du dich ja mit einer der Ansichten identifizieren.

1.1 Thomas: Bankkaufmann und Atheist

"Für mich ist Vertrauen so 'ne Sache, wo ich echt darauf bauen muss, dass meine Partnerin immer da ist, wenn's drauf ankommt. Pünktlichkeit ist da mega wichtig für mich - wenn wir 'ne Uhrzeit ausmachen, dann erwarte ich auch, dass sie nicht auf sich warten lässt. Zuverlässigkeit ist das A und O in 'ner Beziehung. Wenn meine Partnerin ständig unzuverlässig ist, fühlt es sich an, als würde sie mich im Stich lassen, und ehrlich gesagt, das geht gar nicht. Wenn sie dann noch nicht mal 'ne gute Erklärung dafür hat, warum sie wieder zu spät kommt, ist das Vertrauen echt im Eimer. Hatte mal 'ne Freundin, immer zu spät, hat Termine vergessen, auf Nachrichten ewig nicht geantwortet – total enttäuschend, obwohl sie sonst echt klasse war. Sah super aus, wir haben uns super verstanden, war eigentlich genau mein Ding. Aber hey, zusammen sind wir nicht mehr. Nach der dritten Enttäuschung in Folge hab ich den Schlussstrich gezogen. Ich kann einfach nicht mit ständiger Unzuverlässigkeit leben, so bin ich nun mal."

1.2 Sophie: Flugbegleiterin und häufig auf Reisen

"Vertrauen ist mega wichtig für mich. Als Flugbegleiterin bin ich oft über Nacht unterwegs, und nach einigen Erfahrungen in der Vergangenheit ist Vertrauen für mich so ziemlich das A und O. Man muss es sich echt verdienen und immer dran arbeiten, dass es nicht verloren geht. Konkret heißt das für mich: Mein Freund sollte regelmäßig 'ne Nachricht schicken, am Telefon quatschen, was er so macht und vorhat. Das gehört für mich einfach dazu in einer Beziehung, mindestens einmal am Tag zu schnacken und die wichtigsten Infos zu teilen. Wenn das nicht klappt, ist es für mich auch keine richtige Beziehung.

Mein Ex hat den Fehler gemacht, auf Facebook ein Bild von 'ner Party zu posten, auf dem er mit drei Blondinen abhängt und so 'nen komischen Blick drauf hat. Ich war zu der Zeit gerade mal zwei Tage in China und hab's dann morgens durch 'ne Nachricht von meiner Freundin erfahren. Als ich das Bild gesehen hab, war mein Vertrauen direkt im Eimer. Vorher hat er natürlich nix von seinem Partytrip erzählt. Als ich ihn darauf angesprochen hab, meinte er nur, das war nicht geplant, seine Freunde hätten ihn unter Alkoholeinfluss dazu überredet. Sorry, aber so was geht gar nicht! Alkohol als Ausrede? Wenn er wegen 'nem Schluck was Derartiges abzieht, kann ich echt nicht mehr vertrauen. Als ich aus China zurück war, hab ich dann Schluss gemacht. Zum Glück hab ich super Freundinnen, die mir bei solchen Sachen direkt Bescheid geben!"

1.3 Manuel: Student mit spanischen Wurzeln

"Also, das Wichtigste beim Vertrauen für mich ist, dass meine Freundin mir 'nen bisschen Freiraum lässt. Ich kann echt nicht ab, wenn jemand ständig klammert und mich wie'n Geheimagenten überwacht. Ich will auch mal mit meinen Jungs abends rausziehen, ohne danach 20 Nachrichten zu kriegen. Einfach mal Vertrauen, das ist das Stichwort.

Wieso sollte ich überhaupt 'ne Freundin haben, wenn ich auf andere Mädels aus wäre? Wenn ich auf Frauenjagd gehen würde, bräuchte ich keine feste Beziehung. Das würde ja nur alles komplizierter machen. Umgekehrt kontrollier ich sie ja auch nicht. Wenn sie mit ihren Mädels 'nen Abend machen will, nur zu! Viel Spaß, wünsch ich ihr, und vielleicht schreib ich ihr später noch 'ne Nachricht, bevor ich ins Bett gehe. Damit zeig ich ihr einfach, dass ich an sie denke."

1.4 Hassan: Logistikkaufmann mit muslimischem Glauben

"Also, ich hab mal versucht, 'ner deutschen Frau zu vertrauen, aber das ging irgendwie voll nach hinten los. Meine Eltern hatten mich vorher gewarnt, aber ich dachte mir so, "ach, wird schon klappen". Aber Pustekuchen. Wir waren gerade mal 2 Wochen zusammen, da geht sie mit 'nem anderen Typen ins Kino. Angeblich bester Freund und so.

Ich kenn mich in der Männerwelt aus, und ich weiß, dass Kerle nicht einfach so mit 'ner hübschen Frau ins Kino gehen, ohne Hintergedanken. Sie meinte, es sei nur Freundschaft und da würde nie was passieren. Pff, wer's glaubt. Freundschaft zwischen Mann und Frau, das gibt's doch nicht. Wenn sie 'ne Freundin sucht, bitte 'ne weibliche. Wer so naiv ist und mit irgendeinem Typen ins Kino geht, dem kann ich echt nicht vertrauen. Jetzt bin ich wieder mit 'ner Muslimin zusammen, die weiß, wie sich 'ne Frau benimmt. Ich vertraue ihr, aber klar, ich kontrolliere sie auch ab und zu. Vertrauen ist gut, aber Kontrolle hat sich schon öfter bewährt in meinem Leben!"

1.5 Anna: Hausfrau und Mutter von 2 Kindern

"Vertrauen ist für mich das A und O in einer Beziehung. Wenn ich meinem Partner vertraue, muss ich ihn nicht ständig auf Schritt und Tritt kontrollieren, weil ich genau weiß, dass er mich niemals betrügen würde. Vertrauen gibt der Beziehung so 'nen Extra-Boost und stärkt sie auf Dauer.

Ich vertraue meinem Mann blind, und er kann sich genauso auf mich verlassen. Wie wir das geschafft haben? Durch Vertrauen, klar! Von Anfang an hatten wir so 'ne Grundbasis, auch wenn's nicht gleich so tief war wie heute. Aber keiner von uns hat sich jemals belogen oder betrogen gefühlt.

Über die Jahre ist ein mega starkes Vertrauen zwischen uns gewachsen, das so schnell nichts mehr ins Wanken bringt. Klar, das braucht 'ne Menge Zeit. Vertrauen baut sich eben nicht von heute auf morgen auf. Die Beziehung muss sich über die Jahre beweisen. Was in meinen Augen überhaupt nicht für Vertrauen taugt: Kontrolle! Auch wenn's am Anfang vielleicht etwas komisch war, hab ich meinem Partner einfach vertraut und ihn machen lassen. Und er hat mir gezeigt, dass er zuverlässig ist, egal was er tut. Vertrauen kann man nicht erzwingen, aber man kann es sich auf jeden Fall erarbeiten. Für mich und meinen Mann ist das Vertrauen der Schlüssel zu 'ner glücklichen Beziehung."

Also, sicherlich hat jeder beim Lesen dieser Ansichten so seine eigenen Gedanken dazu gehabt, oder? Manche Sachen kamen einem bestimmt bekannt vor, während andere vielleicht etwas abwegig erschienen. Aber weißt du, es gibt hier kein Richtig oder Falsch. Jeder hat halt seine eigene Sichtweise und Vorstellung von Vertrauen. Ob du jetzt mit den Ansichten konform gehst oder nicht, ist erstmal nebensächlich. Hauptsache ist, dass du weißt, was für den anderen Vertrauen bedeutet, was für ihn wichtig ist und vor allem, was er so gar nicht abkann, wenn es um Vertrauen geht.

Hier kommt also mein erster Tipp: Frag deinen Partner mal, was er unter Vertrauen versteht. Egal, ob du gerade erst mit deinem Schatz zusammenkommst oder schon eine Ewigkeit zusammen bist. Falls du es noch nicht getan hast, frag ihn mal. Und zwar nach diesen drei wichtigen Fragen:

- Was muss für dich in unserer Beziehung stimmen, damit du mir vertrauen kannst?
- Was könnte ich machen, um dein Vertrauen zu verletzen?
- Gab es in der Vergangenheit schon mal was, das dein Vertrauen beeinträchtigt hat? Vielleicht im Freundeskreis oder in einer vorherigen Beziehung?

Wenn du die Antworten deines Partners kennst, weißt du schon mal, worauf er so wert legt und wie du dich verhalten solltest, um sein Vertrauen zu gewinnen oder zu behalten. Glückwunsch, das ist schon mal ein super erster Schritt!

Gib ihm dann auch von deinem Verständnis von Vertrauen Bescheid und beantworte auch seine drei Fragen. So könnt ihr gemeinsam ein Verständnis von Vertrauen in eurer Beziehung entwickeln. Wenn es euch hilft, könnt ihr sogar gemeinsam Regeln fürs Vertrauen aufstellen und die schriftlich festhalten. Das könnt ihr dann vielleicht sogar ausdrucken, einrahmen und an einem auffälligen Platz, zum Beispiel im Schlafzimmer, aufhängen.

Wichtig ist, dass ihr euch genug Zeit für das Gespräch nehmt und euer Verständnis von Vertrauen nicht nebenbei klärt. Denn nur wenn ihr konkret wisst und verstanden habt, was für den anderen Vertrauen bedeutet und was ihm wichtig ist, könnt ihr eine feste Vertrauensbasis in eurer Beziehung aufbauen. Wie solltet ihr auch sonst etwas aufbauen, wenn ihr nicht genau wisst, was genau aufgebaut werden soll, oder? Mit einander zu reden und sich über das Verständnis von Vertrauen auszutauschen, ist also die absolute Grundvoraussetzung für jede Beziehung, egal, was bisher passiert ist.

In den nächsten Kapiteln werden wir uns dann auf speziellere Themen konzentrieren und gemeinsam Probleme und Herausforderungen analysieren, die beim Vertrauensaufbau auftauchen können oder das Vertrauen in der Vergangenheit gekillt haben.

2 Aufbau von Vertrauen zu Beginn einer neuen Beziehung

Okay, es ist also passiert: Du bist frisch verliebt, hast die Schmetterlinge im Bauch und wünschst dir nichts mehr, als dass eure Beziehung von Anfang an voller Glück und Zufriedenheit ist. Wenn du gerade in diesem rosaroten Anfangsstadium deiner Beziehung steckst, dann erstmal herzlichen Glückwunsch und vor allem viel Spaß in dieser aufregenden Zeit!

Vielleicht trägst du noch die rosarote Brille, die dich vor allen Zweifeln und möglichen Frühwarnzeichen schützt. Wenn du trotz der rosaroten Brille schon über den Aufbau von Vertrauen nachdenkst, dann Hut ab! Denn genau jetzt ist der perfekte Zeitpunkt dafür. Normalerweise habt ihr am Anfang eurer Beziehung noch keine schwierigen Situationen durchlebt, und es gibt nichts, was euer frisches Glück trübt. Das ist echt eine wundervolle Phase, und du solltest alles daran setzen, dass dieser tolle Zustand so lange wie möglich erhalten bleibt.

Einer der wichtigsten Bausteine dafür ist der Aufbau einer soliden Vertrauensbasis in eurer Beziehung. Du klärst das am besten mit deinem Partner. Sucht euch dazu einen schönen Ort, der für euch als Paar eine besondere Bedeutung hat. Die positive Atmosphäre lenkt das Gespräch gleich in die richtige Richtung. Alternativ könnt ihr auch einen gemütlichen Abend in eurem Lieblingsrestaurant verbringen oder zusammen zuhause was kochen. Ganz egal, welche Atmosphäre für euch die beste ist – nutzt sie für das wichtige Gespräch.

Vergiss dabei nicht, dass ihr euch bei diesem Gespräch einander öffnet, und dass es für deinen Partner womöglich schon ein großer erster Schritt für den Vertrauensaufbau ist. Jemandem von seinen Erfahrungen, Erlebnissen und Ansichten zum Thema Vertrauen zu erzählen, kann ziemlich intim sein. Besonders, wenn er negative Erfahrungen aus der Vergangenheit teilt, die ihn verletzt haben, zeigt er dir damit eine Menge Vertrauen.

- Vertrauen, dass du Verständnis für seine Erlebnisse zeigst und mit ihm mitfühlen kannst.
- Vertrauen, dass du seine negativen Erlebnisse für dich behältst und nicht weitererzählst.
- Vertrauen, dass er sich dir gegenüber verletzlich zeigt und du nun weißt, welche Wunden der Vergangenheit es zu bewältigen gilt.

So ein Gespräch fällt vielen Männern schwerer als Frauen, weil es ihnen generell schwererfällt über ihre Gefühle zu reden. Das ist natürlich nicht bei allen Männern so, aber sei darauf vorbereitet, dass dein Liebster womöglich Schwierigkeiten haben wird, über das intime Thema Vertrauen zu sprechen und sich zu öffnen. Wenn du merkst, dass er nicht bereit ist, in diesem Moment über das Thema Vertrauen zu reden, dräng ihn nicht dazu. Das führt zu nichts und könnte euch sogar den ersten Streit in eurer frischen Beziehung bescheren. Akzeptiere lieber, dass er das Gespräch in diesem Moment nicht führen möchte, und bitte ihn darum, dir Bescheid zu sagen, wenn er bereit dazu ist.

Natürlich wird das im ersten Moment für dich nicht ideal sein, weil du ja bereit für das Gespräch bist und das Thema Vertrauen gerne geklärt hättest. Das ist der erste Moment, in dem du dich im Vertrauen üben kannst. Vertraue darauf, dass dein Partner im richtigen Moment wieder auf dich zukommt.

Setz ihm dabei aber kein Zeitlimit. Wenn es ein Jahr dauert, bis er bereit für ein Gespräch über Vertrauen ist, dann dauert es eben ein Jahr. Wenn es länger dauert, auch okay. Wenn es schneller geht, umso besser. Wichtig ist aber, dass dein Partner verstanden hat, wie wichtig dir das Thema Vertrauen und ein Gespräch darüber ist, und dass du darauf wartest, dass er eines Tages darauf zurückkommt. Formuliere dein Anliegen deutlich, zum Beispiel: *"Schatz, es ist mir sehr wichtig über unsere Vertrauensbasis mit dir zu sprechen. Ich akzeptiere natürlich, dass du hierüber jetzt nicht reden möchtest. Ich bitte dich aber darum, über ein Gespräch nachzudenken und mir Bescheid zu geben, sobald du bereit hierfür bist."*

Wenn ihr schon früh zu Beginn eurer Beziehung oder nach einiger Zeit geklärt habt, was Vertrauen in eurer Partnerschaft bedeutet, gilt es nun, die festgelegten Vertrauensbausteine zu berücksichtigen, aufzubauen und umzusetzen. Daher möchte ich dir im Folgenden einige Beispiele der am häufigsten vorkommenden Vertrauensbausteine geben und dir zeigen, wie du diese umsetzen kannst.

2.1 Vertrauen durch Zuverlässigkeit

Okay, lass uns das mal an Thomas sein Beispiel durchgehen, der in Kapitel 1 zugegeben hat, dass für ihn Zuverlässigkeit der Schlüssel zur Vertrauensbasis ist. Ihm ist es mega wichtig, dass er sich auf seine Partnerin verlassen kann, dass sie pünktlich ist und sich an Absprachen hält. Wenn dein Partner dir auch gesagt hat, dass Zuverlässigkeit sein Ding ist, dann hast du jetzt einen klaren Plan: Achte darauf, dass ihr bei Absprachen dasselbe Verständnis habt, und halte dich dann an die Abmachung. Hierbei spielt die Kommunikation eine echt wichtige Rolle, und da will ich kurz auf die Grundlagen des Sender-Empfänger-Modells nach Paul Watzlawick eingehen.

Angenommen, du willst mit deinem Partner ins Kino und verabredest dich, dass er dich um 19:30 Uhr zu Hause abholt. "Hey Schatz, hol mich bitte um 19:30 Uhr ab." Er bestätigt das mit einem "Okay!" In diesem Szenario bist du der Überbringer der Nachricht, also der Sender, und dein Partner ist der Empfänger, der dir durch seine Bestätigung wiederum eine Nachricht zurückgibt. Ob das jetzt schriftlich, mündlich oder durch Gestik und Mimik passiert, ist erstmal nicht so wichtig.

Was könnte nun in diesem Beispiel passieren? Stell dir vor, du hast vorher den Programmablauf gecheckt und festgestellt, dass dein Lieblingsfilm, eine romantische Komödie, um 20:30 Uhr startet. Die Fahrt zum Kino dauert nur 15 Minuten, und Werbung will sowieso keiner sehen. Also denkst du, es reicht, wenn ihr um 20:30 Uhr losfahrt. Mit Werbung beginnt der Film dann erst gegen 21:00 Uhr. Du hast deinen Partner eine Stunde vor der geplanten Abfahrtszeit bestellt, damit genug Zeit bleibt, um sich fertig zu machen, ein bisschen zu kuscheln oder vorher noch was zu essen. Für dich ist also alles klar und durchdacht. Du wirst zuverlässig um 19:30 Uhr zu Hause die Tür öffnen und hast den Vertrauensbaustein Zuverlässigkeit beachtet.

Was für dich klar und eindeutig erscheint, kann von deinem Partner aber ganz anders wahrgenommen werden. Er erwartet, dass du um 19:30 Uhr abfahrbereit die Tür öffnest, und ihr könnt dann sofort losdüsen. Immerhin sollte er ja um 19:30 Uhr da sein. Die ersten Filme der Abendvorstellungen starten um 20:00 Uhr, und da ihr noch nicht über die Filmauswahl gesprochen habt, müsst ihr spätestens um 19:45 Uhr da sein, um einen Film auszuwählen und je nach Anfangszeit dieses Films dann pünktlich um 20:00 Uhr auf euren Plätzen zu sitzen. Außerdem wollt ihr ja gute Plätze, möglichst mittig im Kinosaal, und die Karten könnt ihr nicht zu spät kaufen. Dein Partner hat selbstverständlich schon zu Hause gegessen, weil ihr über ein gemeinsames Abendessen nicht gesprochen habt.

Du merkst schon, dass du viele Details eurer Absprache nicht angesprochen hast und es somit viele Möglichkeiten der Interpretation gibt. Besonders in der Anfangszeit, wenn ihr euch noch nicht so gut kennt und vielleicht zum ersten Mal zusammen ins Kino geht, können viele Missverständnisse aufgrund mangelnder Kommunikation entstehen. Dein Partner wird dann also um 19:30 Uhr an deiner Tür klingeln und womöglich erst mal sauer sein, dass du nicht abfahrbereit bist. "Wir hatten doch 19:30 Uhr ausgemacht, und du bist nicht fertig. So eine Unzuverlässigkeit kann ich echt nicht ab. Beeil dich wenigstens, sonst verpassen wir noch den Anfang."

Okay, was ist also passiert? Du hattest eine klare Nachricht an deinen Partner geschickt, und der hat dir das mit einem "Okay" bestätigt. Zumindest dachtest du das. Tatsächlich war deine Nachricht nicht so eindeutig, und es gab eine Menge Details, die nicht geklärt wurden. Und dein Partner hat auch nicht ausführlich genug geantwortet. Statt einfach "Okay" hätte er besser sagen können, was er genau verstanden hat. So ungefähr: "Alles klar Schatz, ich hol dich um 19:30 Uhr ab, und wir fahren zusammen mit meinem Auto zum Kino. Lass uns gleich los, damit wir genug Zeit für die Filmauswahl haben und pünktlich im Kinosaal sind. Freu mich schon!"

Dieses Beispiel kannst du auf viele andere Absprachen übertragen. Was du daraus mitnehmen solltest, ist klar: Um zuverlässig für deinen Partner zu sein, darf es bei Absprachen keinen Raum für unterschiedliche Interpretationen geben. Vereinbarungen sollten also so detailliert wie möglich sein. Wiederhole dann, wie du das verstanden hast, und lass dir die Details von deinem Partner bestätigen.

Natürlich musst du dieses aufwendige Prozedere nicht ewig durchziehen. Mit der Zeit lernt ihr euch so gut kennen, dass ihr wisst, was der andere unter "Abholzeit um 19:30 Uhr" genau versteht. Achte aber darauf, bei neuen Situationen, die noch nicht 100% klar sind, dich wie oben beschrieben abzusichern. Das kann auch nach 20 Jahren Ehe manchmal noch nötig sein. Wenn du wirklich sicher gehen willst, wende diese ausführliche Kommunikationsmethode einfach immer an. Falsch wird sie dir nie sein – höchstens mit der Zeit etwas lästig für dich oder deinen Partner. Aber mit der Zeit bekommst du ein Gefühl dafür, wie du das steuern und dosieren kannst.

Wenn es dir schwerfällt, dich genau an Absprachen zu halten, können Erinnerungssysteme hilfreich sein. Trag vereinbarte Uhrzeiten z.B. in deinem Smartphone-Kalender ein und aktiviere die Erinnerungsfunktion. Wenn du dazu neigst, zu spät zu kommen, plane grundsätzlich eine Viertelstunde mehr ein als du eigentlich denkst zu benötigen. Beispiel: Du sollst um 19:30 Uhr abfahrbereit sein. Du denkst, für das Fertigmachen (Haare stylen, schminken, anziehen) brauchst du ungefähr eine halbe Stunde. Fang also besser schon um 18:45 Uhr an und plane so eine Viertelstunde "Puffer" ein. So erhöhst du auf jeden Fall die Wahrscheinlichkeit, dass du um 19:30 Uhr wirklich fertig bist. Zeit und Pünktlichkeit sind nur zwei Aspekte, die bei Zuverlässigkeit oft eine Rolle spielen.

Kommen wir also zu einem dritten Punkt, der zu Unzuverlässigkeit und Vertrauensverlust führen kann: Absprachen brechen und lügen. Das bedeutet nicht zwangsläufig, dass du absichtlich böse bist oder es so geplant war. Stell dir vor, du hast mit deinem Partner vereinbart, dass du nicht alleine mit anderen Männern ausgehst. Wenn du mit deinen Uni-Kollegen unterwegs bist, ist das kein Problem, solange auch andere Männer dabei sind. Aber du und ein anderer Kerl alleine

– das macht deinen Partner nervös, und ihr habt ausgemacht, dass das nicht passieren soll.

Jetzt ist es Samstagabend, und du hast mit deinen Uni-Leuten einen Partyabend geplant. In einer Gruppe von 6 Frauen und 4 Männern startet ihr, und von Bar zu Bar wird die Gruppe kleiner. Der eine geht nach Hause, die anderen wollen weiter in die Disco, und bevor du dich versiehst, sitzt du alleine mit einem Kommilitonen in der Bar. In deinen Augen ein total netter und harmloser Typ, der niemals versuchen würde, dich anzubaggern. Du möchtest nicht unhöflich sein und bleibst daher in der Bar. Ein Drink folgt dem nächsten, und ihr versteht euch prächtig. Ohne es zu planen, sind 3 Stunden vergangen, und plötzlich merkst du, dass du gegen eure Absprache verstoßen hast. Was nun?

Es lässt sich nicht mehr rückgängig machen, und eigentlich war es ja auch nur ein Versehen, einmalig natürlich. Außerdem hast du ja nichts mit dem Kerl gemacht. Jetzt, was machst du? Dein Partner war nicht dabei und weiß nichts von dem "Verstoß". Du könntest es also einfach verschweigen, um keinen Ärger zu riskieren. Ich will dir aber ausdrücklich davon abraten. Bitte verheimliche das nicht vor deinem Partner. Natürlich kann er sauer werden, wenn er davon erfährt, und vielleicht bröckelt sogar ein Stück seines Vertrauens. Aber in so einem Fall ist es immer noch besser, du sagst es ihm sofort oder am nächsten Tag und bist dabei offen und ehrlich. Erkläre ihm, wie es passiert ist, und zeig ihm, dass es dir leidtut.

Stell dir vor, dein Partner erfährt es aus einer anderen Quelle. Ein Freund hat dich in der Bar gesehen und erzählt deinem Partner davon. Oder deine Kommilitonen plaudern es beim nächsten Treffen beiläufig aus, weil sie von eurer Vereinbarung nichts wissen und das auch nicht schlimm finden. Kannst du dir vorstellen, was dann mit dem Vertrauen deines Partners passiert? Im schlimmsten Fall kommt es zur Trennung. Ich hab diese Situation mehrfach erlebt. Die oberste

Regel lautet also: Halte dich an Absprachen und breche sie nicht. Wenn es aus irgendeinem Grund doch passiert, lüg deinen Partner auf keinen Fall an und verschweige ihm nichts. Ehrlichkeit ist das A und O für Vertrauen.

2.2 Ehrlichkeit und regelmäßige Kommunikation als Grundlage

Also in Kapitel 1 hat uns Sophie erzählt, dass für sie ehrliche und regelmäßige Kommunikation mega wichtig ist. Wir haben schon über Ehrlichkeit gesprochen, aber was bedeutet das eigentlich genau? Müssen wir immer die Wahrheit sagen, selbst wenn es wehtut? Oder dürfen wir manchmal ein bisschen großzügiger sein, um den Partner zu schützen? Oder muss man immer brutal direkt sein?

Aus meinen Beziehungsratgeber-Jahren kann ich dir eins sagen: Sei ehrlich, auch wenn es mal weh tut. Vergiss das Verbiegen von Tatsachen. Steck die Energie lieber in die Frage, wie du deinem Partner das erklären kannst. Hier geht es nicht nur um Fakten, sondern vor allem um deine Beweggründe und Gefühle, warum du etwas getan hast. Lass mich das mit einem Beispiel erklären.

Vor einer Ewigkeit bin ich mal fremdgegangen. Passierte an einem Samstagabend auf der Party meines Kumpels nach ein paar Bierchen. Die Frau, das ich geküsst habe, bedeutete mir nichts, und ich hatte das nicht geplant. Trotzdem, es passierte, und ich war selbst überrascht. Am nächsten Morgen, als der Alkohol aus meinem System war, war mir klar: Ich muss es meiner Freundin sagen, so schnell wie möglich. Also ab unter die Dusche, ein schnelles Frühstück und hin zu ihr. Klar, das Gespräch war hart, und ich wusste, dass es unsere Beziehung beenden könnte. Aber ich hab nicht lang gefackelt. Als sie die Tür öffnete, sagte ich schweren Herzens: "Schatz, wir müssen reden." In ihren Augen sah ich sofort, dass das nichts Gutes bedeutete. Aber ich zögerte nicht lange. "Ich wollte dich nicht verletzen, aber ich hab gestern Mist gebaut. Da war diese Frau, und ich hab sie geküsst. Es hat mir nichts bedeutet, und ich bereue es. Ich weiß nicht, wie das passieren konnte, aber ich fühle mich deswegen schrecklich. Ich glaube, ich hab einfach nach Bestätigung gesucht. Du gibst mir alles, was ich brauche, aber irgendwie fehlt mir die Bestätigung von anderen Frauen. Bevor ich dich kannte, war ich es gewohnt, jede Woche von einer anderen angehimmelt zu werden, und das Küssen hat mir eine Form der Bestätigung gegeben. Ich war bei den Frauen beliebt, und das hat meinem Selbstbewusstsein gut getan. Ich glaube, diese Selbstbestätigung hat mir gefehlt, und deshalb ist das passiert. Es tut mir wirklich leid, und ich weiß, dass es nicht wieder vorkommt. Ich hab aus dem Fehler gelernt, und der Kuss bedeutet mir nichts. Er hat mir weder Bestätigung gegeben noch Spaß gemacht. Bitte verzeih mir, es tut mir wirklich leid!"

Wie hat meine Freundin reagiert? Nicht gut, wie du dir vorstellen kannst. Sie hat geweint, und es tat mir umso mehr weh, ihr diesen Schmerz zuzufügen. Trotzdem sagte sie, dass sie mir verzeiht und dass sie es versteht. Natürlich hat es sie verletzt, und unsere Beziehung hat einen ordentlichen Knacks bekommen. Aber sie meinte auch, dass sie froh war, es zu wissen, und dass das Vertrauen zu mir nicht komplett zerbrochen ist. "Immerhin warst du ehrlich und hast es gleich gesagt. Deshalb glaube ich dir, dass es dir ehrlich leid tut und dass es nicht wieder passiert." Unsere Beziehung hat den Ausrutscher tatsächlich überstanden, und wir waren noch fast zwei Jahre zusammen. Das Vertrauen hat sich mit der Zeit wieder aufgebaut, und am Ende war das nicht der Grund für das Beziehungsende.

Was will ich dir mit dem Beispiel sagen? Meine Freundin hat mir mal erzählt, dass sie mir verziehen hat, weil ich ehrlich und offen war und ihr die Wahrheit sofort gesagt habe. Aber auch, weil ich mich vor ihr geöffnet und meine Gefühle erklärt habe. Ich hab ihr eine Erklärung gegeben, die tief in mein Inneres blicken ließ und meinen männlichen Stolz zeigte. Welcher Mann gibt schon zu, dass er nach Bestätigung sucht, um sein Selbstwertgefühl aufrechtzuerhalten? Ich hab das in unserem Gespräch getan und mich verletzlich gezeigt. Sie konnte mich dadurch besser verstehen und hat mir sogar ein bisschen Leid getan, neben all der Enttäuschung und Wut.

Damals hatte ich echt Glück und eine Freundin, die stark genug war, mir zu verzeihen. Das ist nicht immer so, also mach dir keine falschen Hoffnungen. Klar kann deine Ehrlichkeit dazu führen, dass eure Beziehung in eine Krise gerät oder kaputtgeht. Aber eins musst du dir klar machen: Wenn du deinem Partner was beichten musst, erklär ihm immer, warum es passiert ist, und gib ihm die Chance, dich zu verstehen.

Der zweite Punkt, den Sophie wichtig findet (weißt du noch aus Kapitel 1), ist regelmäßige Kommunikation. Paare haben da oft unterschiedliche Vorstellungen davon, was "regelmäßig" bedeutet. Also, der erste Schritt für eine gute Kommunikation ist, zu klären, was "regelmäßig" für euch beide bedeutet. Vielleicht heißt das für den einen einmal am Tag und für den anderen alle drei bis vier Stunden. Findet einen Kompromiss, der für euch passt.

Besonders am Anfang einer Beziehung ist regelmäßige Kommunikation meiner Meinung nach super wichtig. "Regelmäßig" heißt für mich, dass ihr mindestens einmal am Tag miteinander spricht. Die meisten Leute bauen Vertrauen auf, indem sie den Partner kennenlernen, viel voneinander wissen und sich weniger austauschbar fühlen. Kommunikation ist dabei wie der Freundschaftsteil in einer Beziehung. Die Freundschaft zu deinem Partner ist natürlich anders als zu deinen anderen Freunden, aber Freundschaft ist ein wichtiger Teil jeder funktionierenden Beziehung.

Freundschaft bedeutet, Freude und Leid miteinander zu teilen, füreinander da zu sein und alles miteinander zu besprechen. Vertrauen baut sich auf, indem man sich öffnet und Zeit miteinander verbringt. Klar, eure Freundschaften haben sich über Jahre aufgebaut und reichen bis in die Kindheit zurück. Das könnt ihr nicht von heute auf morgen mit eurem neuen Partner erreichen, es sei denn, er ist schon lange ein guter Freund von dir. In den meisten Fällen, wenn ihr euch gerade erst kennenlernt, müsst ihr die Freundschaftsbasis in eurer Beziehung erstmal aufbauen. Und das passiert nicht viel anders als bei euren anderen Freundschaften. Redet viel, verbringt Zeit zusammen und teilt Freud und Leid.

Die Sache mit der gemeinsamen Zeit ist in einer Liebesbeziehung natürlich anders als bei Freundschaften. Hier spielt die non-verbale Kommunikation eine größere Rolle, also Händchenhalten, Umarmen, Kuscheln, Küssen, sich einfach nur anschauen oder miteinander schlafen. Damit zeigt ihr euch, dass ihr euch liebt, ohne Worte. Wenn ihr in einer Fernbeziehung steckt oder euch aus anderen Gründen nicht oft genug seht, wird die regelmäßige Kommunikation per Telefon, WhatsApp, Facebook oder anderen Medien umso wichtiger. Aus meiner Erfahrung sind Telefonieren und Facetimen am besten, weil da zumindest die Stimmlage rüberkommt. Schriftliche Kommunikation ist zwar eine schöne Ergänzung für kurze Nachrichten, aber ersetzt nicht die tiefgründigen Gespräche, die eure Bindung stärken.

Also, immer so oft wie möglich persönlich treffen oder zumindest eine andere Form der verbalen Kommunikation nutzen. Schriftliche Nachrichten sind super für kurze, süße Botschaften wie "Ich denk an dich" oder "Ich liebe dich". Aber verwechsel das nicht mit der umfassenden Kommunikation, die Vertrauen aufbaut. Die Kommunikation, bei der ihr euch richtig kennenlernt und tiefgründige Gespräche führt, die euch miteinander verbinden.

2.3 Freiraum lassen für Vertrauen

Also in Kapitel 1 hat uns Manuel erzählt, dass Männer oft Lust auf Freiraum haben. Für ihn ist Vertrauen darin begründet, dass man sich genug Raum lässt, sich nicht kontrolliert und blind aufeinander verlässt. Klingt ja in der Theorie ganz cool, aber in der Praxis gibt es da oft Probleme. Besonders am Anfang einer Beziehung kann das Thema Freiraum eine echte Herausforderung sein. Am Anfang ist das Vertrauen noch nicht so stark, weil man sich noch nicht so gut kennt oder vielleicht schon eine schlechte Erfahrung mit dem Freiraumlassen in einer vorigen Beziehung gemacht hat.

Also, wie schaffst du es, deinem Partner den Freiraum zu geben, den er will? Erstmal ist es wichtig, rauszufinden, wie viel Freiraum genau dein Partner haben will. Checkt das am besten in einem gemeinsamen Gespräch. Vor allem zu Beginn einer Beziehung ist das mega wichtig, um Missverständnisse zu vermeiden. Denn beim Thema Freiraum gibt es drei Szenarien:

1. Du gibst deinem Partner zu wenig Freiraum, engst ihn ein, und er fühlt sich kontrolliert. Das könnte euer Vertrauen ziemlich auf den Prüfstand stellen.
2. Du gibst deinem Partner mehr Freiraum, als er will. Das kann bei ihm für Misstrauen sorgen, wenn er denkt, du interessierst dich nicht genug für ihn.
3. Das ideale Szenario: Du weißt genau, wie viel Freiraum dein Partner will, und du gibst ihm genau das.

Um Szenario 3 zu erreichen, reicht es natürlich nicht, den Freiraum-Bedarf deines Partners zu kennen. Das ist nur der erste Schritt. Im zweiten Schritt musst du ihm auch den Freiraum lassen, den er will, und das im Alltag berücksichtigen. Darauf kommen wir später genauer.

Lass uns erstmal über Schritt 1 reden. In den Szenarien 1 und 2 kennst du wahrscheinlich nicht genau den Freiraum-Bedarf deines

Partners. Wenn du nicht weißt, wie viel Freiraum er braucht, geh nicht davon aus, dass er genauso viel will wie du. Frag ihn offen danach und redet ausführlich darüber. In neuen Beziehungen ist das besonders wichtig, um Missverständnisse zu vermeiden. Nicht einfach Dinge annehmen oder vermuten. Das hat schon viele Beziehungen in den Sand gesetzt. Frag einfach deinen Partner, was er braucht.

Schildert euch in diesem Gespräch auch euer eigenes Bedürfnis nach Freiraum. Stellt sicher, dass ihr versteht, was der andere will. Wenn ihr aus früheren Beziehungen schlechte Erfahrungen oder Bedenken gegen das Thema Freiraum habt, sprecht darüber und erklärt eure Ängste. Das ist wichtig, um Szenario 1 zu verhindern. Wenn zum Beispiel ein Ex-Partner untreu war, entwickelt man vielleicht Skepsis und Angst gegenüber dem Thema Vertrauen und Freiraum. Das kann dazu führen, dass man in der neuen Beziehung mehr Kontrolle ausüben will, um nicht enttäuscht zu werden.

Wenn du das Gefühl hast, dein Partner braucht viel Freiraum, und du möchtest ihn aber nicht zu sehr einschränken, ist es wichtig, dass er deine Beweggründe kennt und versteht. Ein offenes Gespräch darüber, warum du so denkst, kann helfen. Wenn er weiß, dass du aus Angst vor Enttäuschung handelst, kann das Verständnis schaffen. Wenn das Vertrauen da ist, wird er vielleicht akzeptieren, dass du versuchst, ihm seinen Wunsch nach Freiraum zu erfüllen. Gute Beziehungen erfordern oft Kompromisse, und das könnte der Anfang sein.

Selbst wenn es am Anfang komisch klingt: Szenario 2 kann auch echte Beziehungsprobleme verursachen. Wenn du deinem Partner zu viel Freiraum gibst, ohne zu wissen, dass er das will, könnte er sich vernachlässigt fühlen. Wenn du nie nachfragst, wo er war oder mit wem er unterwegs war, kann er denken, dass du dich nicht für seine

Aktivitäten interessierst. Viele Partner finden es wichtig, dass man sich regelmäßig meldet, auch wenn man getrennt was macht. Also, findet raus, was euer Partner will.

Wenn der erste Schritt klappt und ihr wisst, wie viel Freiraum euer Partner braucht, ist der zweite Schritt dran: ihm diesen Raum auch zu geben. Das kann auf unterschiedliche Weise passieren. Was für den einen easy ist, kann für den anderen eine echte Herausforderung sein. Wenn du zur zweiten Gruppe gehörst, hier ein Tipp: Versuch mal, deinem Partner den gewünschten Freiraum zu geben und lenk dich dabei ab. Geh deinen eigenen Hobbys nach, triff Freunde, mach das, was dir Spaß macht. Nichts ist schlimmer, als wenn du zu Hause sitzt und dir tausend Gedanken machst, was dein Partner gerade alles macht. Ablenkung ist hier das Stichwort. Klar, am Anfang wird das schwer sein, aber mit der Zeit wird es leichter, weil das Vertrauen wächst.

Im unglücklichen Fall, dass dein Partner den Freiraum ausnutzt und vielleicht eine Affäre anfängt, sei mal ganz ehrlich: Dann ist er nicht der Richtige für dich und hat dich nicht verdient. Manchmal tut die Erkenntnis echt weh, aber es ist besser, das früher zu merken. Wenn er dazu neigt, sich für andere zu interessieren, kannst du ihn auf Dauer nicht abhalten. Und zu viel Kontrolle führt meistens dazu, dass er denkt, du vertraust ihm nicht. Das kann dazu führen, dass er sich eingeengt fühlt und sich nach anderen Frauen umsieht.

2.4 Berücksichtigung individueller Beziehungs-No-Go's

Hassan hat in Kapitel 1 abgeliefert, dass für ihn ein absolutes No-Go in einer Beziehung ist, wenn seine Freundin sich mit einem anderen Mann zum Kino verabredet. Egal, ob das nur ein Kumpel für sie ist, spielt für ihn keine Rolle. Für ihn gibt es sowas wie Freundschaft zwischen Mann und Frau einfach nicht. Das ist höchstens Teil einer

Liebesbeziehung, aber nicht ohne. Vielleicht denkst du, dass Hassans Sichtweise ein bisschen übertrieben ist oder nicht nachvollziehbar. Vielleicht hast du ähnliche Erfahrungen gemacht und verstehst ihn. Egal, wie deine Meinung dazu ist, wenn jemand wie Hassan jetzt dein neuer Partner ist, musst du dich mit seiner Sichtweise und seinen No-Gos in der Beziehung auseinandersetzen.

Unter No-Gos verstehen wir hier alle Sachen, Verhaltensweisen und Aspekte, die für deinen Partner in eurer Beziehung nicht okay sind und bei einem Verstoß zur Trennung führen können. Für die meisten Paare ist Fremdgehen das absolute No-Go Nr. 1. Aber auch Gewalt geht für die meisten nicht klar. Neben diesen offensichtlichen No-Gos können es aber auch andere No-Gos geben, die du vielleicht nicht von Anfang an auf dem Schirm hattest. So wie das von Hassan zum Beispiel.

Es kann gut sein, dass du in neuen Beziehungen auf No-Gos triffst, bei denen du und dein Partner keinen Kompromiss finden könnt. Wenn für deinen Partner feststeht, dass du dich mit keinem anderen Mann außer ihm treffen sollst und er da nicht nachgibt, bleibt dir nichts anderes übrig, als das zu akzeptieren. Aber vielleicht ist das für dich zu krass, weil du vielleicht deinen langjährigen Kumpel, vielleicht sogar deinen besten Freund, dafür aufgeben müsstest. Für alle No-Gos lässt sich also nicht immer eine Lösung finden, und manchmal können sie sogar zur Trennung führen.

Um das zu vermeiden, solltest du deinen Partner am besten von Anfang an nach seinen No-Gos fragen. Klar, das ändert erstmal nichts an der Sache, denn seine Einstellung zu No-Gos wird wahrscheinlich nicht von heute auf morgen anders sein. Aber der Unterschied ist, dass du dir eine Menge Zeit, Herzschmerz und Verletzungen sparen kannst, wenn ihr gleich zu Beginn darüber sprecht. Auch wenn die Anfangszeit einer Beziehung voller positiver Emotionen ist, tut eine

Trennung nach wenigen Wochen meistens weniger weh als nach vielen Monaten oder Jahren.

Du wirst den No-Gos deines Partners nicht aus dem Weg gehen können, also erfahre sie so früh wie möglich und bewerte für dich selbst, ob du damit klar kommst. Kannst du die No-Gos akzeptieren und einen Kompromiss finden? Vielleicht ist dein Partner ja noch kompromissbereit, was seine No-Gos angeht? Bei Hassan könnte es zum Beispiel sein, dass er sein No-Go besonders auf neue Bekanntschaften bezieht und nicht möchte, dass du neue männliche Freunde triffst und mit ihnen ins Kino gehst. Vielleicht ist er aber kompromissbereiter, wenn es um langjährige Freunde geht, die schon vor ihm in deinem Leben waren, wie zum Beispiel ein Sandkasten-Kumpel, mit dem du schon ewig befreundet bist, ohne dass jemals was passiert ist. Diese Nuancen der No-Gos solltest du also ebenfalls mit deinem Partner besprechen.

Jetzt fragst du dich vielleicht, was No-Gos mit Vertrauen zu tun haben? Ganz einfach: Du solltest alle No-Gos deines Partners akzeptieren können und nie dagegen verstoßen. Ein Verstoß wäre für deinen Partner ein krasser Vertrauensbruch, der in den meisten Fällen zur Trennung führt. Das heißt, du solltest hier keine Experimente ohne das Wissen deines Partners machen. Im Beispiel von Hassan solltest du dich also nicht heimlich mit deinem Kumpel im Kino treffen oder die Situation anders gestalten, um eine Grauzone zu schaffen. Eine solche Grauzone könnte zum Beispiel entstehen, wenn du mit einer Gruppe von Freunden ins Kino gehst. Dein Kumpel wäre dann trotzdem dabei, aber aus deiner Sicht wäre keine Gefahr vorhanden, weil du dich ja nicht alleine mit ihm getroffen hast. Hassan könnte das im Idealfall sogar akzeptieren. Aber das solltest du nicht einfach ausprobieren, sondern nur tun, wenn ihr vorher darüber gesprochen habt und es für ihn wirklich okay ist. Lüge niemals in Bezug auf die No-Gos deines Partners und lass keine

Grauzonen-Interpretationen zu. Das würde höchstwahrscheinlich zu einem unumkehrbaren Vertrauensbruch für deinen Partner führen.

Andererseits kannst du darauf vertrauen, dass dein Partner Rücksicht auf deine eigenen No-Gos nimmt. Daher ist es wichtig, dass du auch deine No-Gos zu Beginn einer Beziehung deutlich, unmissverständlich und ausführlich kommunizierst. Wenn dein Partner einmal verstanden hat, was er auf keinen Fall tun sollte und das akzeptiert hat, kannst du darauf vertrauen, dass deine No-Gos nicht verletzt werden. Zumindest erhöhst du die Chance darauf. Garantien gibt es leider nie. Das ist das Risiko, das in jeder emotionalen Beziehung steckt. Aber ich sage meinen Paaren immer: "Wer nicht wagt, der nicht gewinnt. Und in der Liebe lohnt es sich definitiv, etwas zu wagen!"

2.5 Ehrlichkeit ohne Kontrolle als Vertrauensbasis

Die letzte, die uns im ersten Kapitel einen Einblick in ihre Ansichten zum Thema Vertrauen gegeben hat, war Anna. Für sie war der Schlüssel zu einer glücklichen Beziehung ganz klar: Ehrlichkeit, ohne den Partner zu überwachen. Sie fand es wichtig, dass es von Anfang an ein Grundvertrauen gibt, das im Laufe der Beziehung nicht kaputtgemacht wird.

Aber wie schafft man es, dieses Grundvertrauen in eine neue Beziehung zu bringen? Aus meiner Erfahrung gelingt das nicht jedem Paar. Viele sind von früheren Erfahrungen geprägt und gehen daher mit einem gestörten und zweifelnden Vertrauen in neue Beziehungen. Hier kannst du leider nur selbst etwas dagegen tun. Denk immer daran, dass dein neuer Partner bisher dein Vertrauen nicht missbraucht hat und du daher keinen Grund hast, ihm nicht zu 100% zu vertrauen.

Dein Instinkt spielt dabei oft eine entscheidende Rolle. Menschen haben oft so ein Bauchgefühl, das ihnen sagt, ob sie einem anderen Menschen vertrauen können oder nicht. Klar, das Bauchgefühl kann uns auch mal täuschen, und Liebe kann für manche einen klaren Blick vernebeln und den Instinkt täuschen. Trotzdem ist es wichtig, auf deinen Instinkt zu hören. Wenn du ein gutes Gefühl bei deinem neuen Partner hast und keinen Grund siehst, ihm nicht zu vertrauen, dann lass dein Vertrauen einfach zu. Such nicht nach Gründen, warum es vielleicht doch nicht klappen könnte, oder denk nicht an vergangene negative Erfahrungen. Dein neuer Partner ist ein neuer Mensch, der es erstmal verdient hat, dass du ihm vertraust.

Vielleicht brauchst du zu Beginn einen Vertrauensbeweis, um das nötige Grundvertrauen aufzubauen. Manche Frauen testen daher ihren neuen Partner und stellen ihn bewusst auf die Probe. Zum Beispiel, indem sie eine ihm noch unbekannte Freundin darum bitten, ihren neuen Partner anzubaggern. Geht er auch nur minimal darauf ein, ist für dich klar, dass du ihm nicht vertrauen kannst. Macht er das nicht, ist alles gut. So ein Vertrauenstest kann hilfreich sein, aber pass auf, dass du deinen Partner nicht verletzt. Denn durch die Probe zeigst du ihm erstmal Misstrauen. Das könnte er möglicherweise als ersten Vertrauensbruch werten. Versuch es daher erstmal ohne so einen Test und greif darauf zurück, wenn es auf andere Weise wirklich nicht klappt, das nötige Grundvertrauen aufzubauen. Mit diesem Schritt fängst du nämlich an, deinen Partner auf gewisse Weise zu kontrollieren. Weil du den Test bewusst machst, bist du auch nicht ganz ehrlich zu deinem Partner. Du arrangierst etwas hinter seinem Rücken, um ihn zu testen. Die meisten Männer werden das nicht besonders positiv aufnehmen, wenn sie davon erfahren. Und sie sollten es zumindest im Nachhinein erfahren, wenn wir das Prinzip der Ehrlichkeit berücksichtigen. Klar, du lügst deinen Partner in dem Moment nicht an, aber du verschweigst ihm was. Und das gehört auch zur Ehrlichkeit dazu.

Denk dabei an die Weisheit: "Offen und ehrlich währt am längsten!" Das kann ich aus meiner Erfahrung als Beziehungscoach und auch aus meinen eigenen Beziehungserfahrungen definitiv bestätigen.

Egal, welches Verständnis von Vertrauen du und dein Partner haben: Vergiss bloß nie, dass das Aufbauen von Vertrauen Zeit braucht. Erwarte nicht vom ersten Tag an, dass ihr ein vollkommenes Vertrauensverhältnis habt. Vertrauen entwickelt sich mit der Zeit, und je länger ihr zusammen seid, desto stärker und intensiver wird es normalerweise. Natürlich baust du Vertrauen umso stärker auf, je länger du nicht von deinem Partner enttäuscht wirst. Versuch zu Beginn einer neuen Beziehung auf jeden Fall ohne Vorurteile und voreingenommen reinzugehen, um offen für den Aufbau eines gesunden Vertrauensverhältnisses zu sein.

3 Wiederaufbau von Vertrauen

Viele Menschen wurden im Laufe ihrer Beziehung schon mal von ihrem Partner enttäuscht. Egal ob durch die "Klassiker" wie Fremdgehen, Lügen, egoistisches Handeln oder andere Sachen, die zum Vertrauensverlust geführt haben. Jetzt stehen sie vor der Frage: Ist der Vertrauensverlust so krass, dass sie die Beziehung beenden sollten, oder gibt es einen Weg, das verlorene Vertrauen wieder aufzubauen?

Ohne genau zu wissen, was bei dir abgegangen ist und warum dein Vertrauen gebrochen wurde, kann ich aus meiner Erfahrung sagen: Es gibt Möglichkeiten, dein Vertrauen wiederherzustellen, und in den meisten Fällen lohnt es sich, die Mühe zu investieren und es zu versuchen. Zumindest, wenn du in deiner Beziehung zum ersten Mal enttäuscht wurdest.

Es gibt verschiedene Wege, um dein Vertrauen zu deinem Partner wieder aufzubauen, die du entweder kombinieren oder auch getrennt voneinander ausprobieren kannst.

3.1 Weg 1: Kommunikation, Verständnis, Vergebung

Wenn dein Partner dich enttäuscht hat, ist der erste wichtige Schritt, dass ihr miteinander redet. Das Gespräch kann so starten, dass du erstmal deinem Partner erklärst, warum du von ihm enttäuscht bist. Wenn der Vertrauensverlust durch sein egoistisches Handeln kam, hat er vielleicht noch nicht gecheckt, dass du enttäuscht bist, und du musst ihm im Gespräch erstmal klarmachen, warum.

Stell dir vor, du und dein Partner wohnt nicht in derselben Stadt und müsstet 80 Kilometer fahren, um euch zu sehen. Mit dem Auto dauert das etwa eine Stunde, wenn kein Stau ist. Ihr seht euch also nicht so oft, meistens nur einmal in der Woche am Wochenende. Bisher bist du immer zu ihm gefahren, und ihr habt das Wochenende in seiner Wohnung verbracht. Aber in letzter Zeit hast du öfter den Wunsch geäußert, dass er auch mal zu dir kommt und bei dir übernachtet. Aber er lehnt immer ab und seine Gründe klingen für dich eher nach Ausreden als nach einer vernünftigen Begründung. Das Auto sei kaputt, und mit der Bahn dauere die Fahrt zu lange. Oder er wartet auf eine wichtige DHL-Lieferung und will zu Hause sein, wenn das Paket kommt. Egal was er sagt, es kommt dir langsam komisch vor.

Da ihr euch noch nicht so lange kennt und euer Vertrauen noch im Aufbau ist, fängst du langsam an zu zweifeln. Du fragst dich, ob es andere Gründe für seine Ausreden gibt oder ob er einfach nur egoistisch ist und keinen Bock hat, die lange Fahrt auf sich zu nehmen, um dich zu sehen. Immerhin kostet die Fahrt Zeit und Geld. Ist die Beziehung für ihn vielleicht nur ein Abenteuer, wo er möglichst wenig Aufwand betreiben will? Oder hat er Angst, deine Freunde und Eltern kennenzulernen und die Beziehung ernster zu machen? Egal, was du denkst, du fängst an zu zweifeln und gefährdest damit automatisch eure noch junge Vertrauensbasis.

Dein Partner hat wahrscheinlich noch keine Ahnung von deinen Zweifeln, deshalb solltest du auf jeden Fall mit ihm darüber reden. Sag ihm, dass du von seinem Verhalten enttäuscht bist, dass es bei dir Zweifel auslöst und dass du sein Handeln als egoistisch empfindest. Erklär deine Gefühle und Gedanken so ausführlich wie möglich, damit er deine Situation richtig verstehen kann.

Wenn ihm was an eurer Beziehung liegt, wird er dir erklären, warum er so handelt und wie er die Situation sieht. Wenn er nicht von sich aus Erklärungen gibt, frag ihn danach und sag ihm, dass du verstehen möchtest, warum er so handelt. Vielleicht gab es wirklich Gründe, warum er bisher nicht zu dir gefahren ist, die nur Zufälle waren und keine böse Absicht. Zum Beispiel war das DHL-Paket ein wichtiges Uni-Gesetzbuch, das er für eine Klausur am Montag brauchte. Und das Auto war wirklich kaputt. Im Gespräch wirst du schnell merken, ob er glaubwürdige Erklärungen hat oder ob es eher Ausreden sind. Ein wichtiges Signal wäre zum Beispiel, ob er dir anbietet, am nächsten Wochenende als "Entschädigung" zu dir zu kommen. Wenn er das macht, hat er kapiert, wie wichtig es dir ist, dass er sich auch mal auf den Weg macht. Wenn nicht, deutet das darauf hin, dass er vielleicht nicht so scharf auf eine ernstere Beziehung mit dir ist. Das kann schmerzhaft sein, aber es hilft dir zu entscheiden, ob du weiter Zeit und Energie in die Beziehung stecken willst. Manchmal ist ein Schlussstrich tatsächlich besser als ein endloses Hin und Her. Trennungen tun zwar weh, aber sie eröffnen auch neue Chancen für eine glücklichere Beziehung.

Wenn dein Vertrauen verloren gegangen ist, weil dein Partner gelogen hat oder sogar fremdgegangen ist, musst du ihm zu Beginn des Gesprächs wahrscheinlich nicht erklären, warum du von ihm enttäuscht bist. Das sollte ihm in der Regel schon bewusst sein. Umso wichtiger ist es, ihm die Chance für eine Erklärung zu geben. Er hat die Möglichkeit, dir zu erklären, warum er gelogen hat oder warum er fremdgegangen ist. Natürlich ist damit nicht alles verzeihlich und wieder in Ordnung. Aber manchmal kann es helfen zu verzeihen.

Wenn er dir zum Beispiel erklärt, dass er nur gelogen hat, um seinen Kumpel nicht zu verraten oder um vor dir nicht als Loser dazustehen, gibt es viele Gründe zu lügen. Entscheidend sollte für dich sein, ob er einen nachvollziehbaren Grund hatte, den du verstehen und verzeihen kannst. Oder ob es eine böswillige Lüge war, die dein Vertrauen für immer zerstört hat. Du wirst nicht immer alles nach einem Gespräch verzeihen können und die Beziehung retten. Aber du solltest deinem Partner immer die Chance zu einem erklärenden Gespräch geben. Zumindest, wenn dir was an der Beziehung liegt.

Am schwierigsten ist es meistens, einem Partner das Fremdgehen zu verzeihen. Ob es schon beim Flirten mit einer anderen Frau anfängt, beim Händchenhalten, engen Tanzen, einem Kuss oder erst beim Sex - entscheidend ist, dass dein Vertrauen verletzt wurde. Ein solcher Vertrauensverlust lässt sich nicht immer einfach wieder hinbiegen, und oft führt das Fremdgehen eines Partners zur Beziehungskrise. Manchmal hat dein Partner vielleicht keine Erklärung dafür, warum es passiert ist. Für dich kann aber entscheidend sein, ob er seine Tat wirklich bereut. Wenn er das tut, könntest du ihm vielleicht verzeihen. Oder auch nicht, das hängt oft vom Typ ab.

Ich hab Beziehungen erlebt, in denen einer fremdgegangen ist und es wurde verziehen. Die Beziehungen konnten danach sogar wieder glücklich weitergehen. Zwei Leute, die danach sogar mehr schätzen konnten, was sie aneinander haben, und deren Beziehung sich durch den Fehler - das Fremdgehen - sogar verbessert hat. Aber ich hab auch Beziehungen erlebt, in denen verziehen wurde und der Partner danach wieder das Vertrauen verletzt hat, weil er erneut fremdgegangen ist. Beziehungen, in denen immer wieder verziehen wird und die trotzdem nicht glücklich weitergehen. Aber auch Beziehungen, in denen die Partner unglücklich weiterleben. Was für dich der richtige Weg ist, musst du leider selbst herausfinden. Manchmal kann es hilfreich sein, der Beziehung zumindest eine zweite Chance zu geben. Ob das berechtigt ist, zeigt sich meistens recht schnell. Du wirst schnell merken, ob du wirklich verzeihen kannst oder ob der Vertrauensverlust dich dauerhaft unglücklich macht.

3.2 Weg 2: Vertrauensbeweise einfordern

wenn dein Vertrauen in deinen Partner echt einen Knacks abbekommen hat, dann ist es verständlich, dass du jetzt erstmal einen Beweis willst, dass du ihm wieder vertrauen kannst. Viele Menschen brauchen sowas, sei es für sich selbst oder vielleicht auch für skeptische Freunde, Familie oder Bekannte. Man möchte einfach ein greifbares Zeichen, eine Geste oder eine Handlung, die einem klar macht, dass man dem Partner wieder vertrauen kann.

Stell dir vor, dein Partner hat schon Kinder aus einer vorherigen Beziehung. Du hast ihn schon öfter gefragt, ob du die Kids mal kennenlernen und was mit ihnen unternehmen kannst. Aber er hat immer wieder Ausreden gefunden, warum du sie dieses Mal nicht kennenlernen kannst. Die Tochter ist krank und daher unerträglich, er will sie dir in diesem Zustand einfach nicht vorstellen. Oder seine Ex-Frau wird zufällig auf dem Spielplatz sein, wo ihr beide hinwollt, und er denkt, sie wird eifersüchtig, wenn sie ihn mit einer anderen Frau sieht. Und dann haben die Kinder schon andere Kids zum Spielen da, deshalb passt es dieses Mal nicht so gut. Die Ausreden häufen sich, und es sind schon mehrere Monate vergangen, ohne dass du die Kids kennengelernt hast. Du wirst langsam misstrauisch und erfährst vielleicht von einer Freundin, dass seine Tochter beim letzten

Mal gar nicht krank war, sondern putzmunter mit den anderen Kindern gespielt hat. Als du deinen Partner auf die Lüge ansprichst, gibt er zu, dass es wirklich eine Ausrede war und die Krankheit gelogen war.

Die Wahrheit ist, dass er seinen Kids in der Vergangenheit schon öfter neue Freundinnen vorgestellt hat, zu denen die Kids Vertrauen entwickelt haben. Aber wenn die Beziehung dann in die Brüche ging, waren die Kids jedes Mal total traurig und haben nicht verstanden, warum seine Ex-Freundin plötzlich nichts mehr mit ihnen zu tun haben wollte. Deshalb hat er sich vorgenommen, neue Freundinnen nicht gleich vorzustellen, sondern erst abzuwarten, ob sich die Beziehung langfristig entwickelt. Das klingt zwar hart, aber er wollte dir diese Wahrheit ersparen, um dich nicht zu krass zu verletzen.

Du bist von dieser Sichtweise zwar enttäuscht, kannst deinen Partner aber auch verstehen und entscheidest dich dazu, ihm noch eine Chance zu geben. Die Lüge ist erstmal vergeben. Aber trotzdem reicht dir das nicht. Du brauchst einen Vertrauensbeweis und forderst, dass du seine Kids am nächsten Wochenende kennenlernst. Immerhin seid ihr jetzt schon ein halbes Jahr zusammen, und für dich ist die Beziehung auf jeden Fall was Ernstes. Wenn er es also ernst mit dir meint, sollte er das jetzt beweisen.

Mit der Forderung nach einem Vertrauensbeweis setzt du deinen Partner ganz schön unter Druck und quasi ein Ultimatum. Entweder er erfüllt deine Forderung und stellt dir seine Kids am nächsten Wochenende vor, oder er riskiert, dass du die Beziehung beendest, wenn er es nicht tut. So ein Vertrauensbeweis kann dir helfen, wieder Vertrauen aufzubauen und das Ganze zu verzeihen. Aber sei vorsichtig und forder nicht zu viel von deinem Partner. Wenn es schiefgeht, kann der Versuch nach hinten losgehen. Du läufst bei so einer Forderung immer Gefahr, dass es für deinen Partner zu weit geht, und er erfüllt sie deshalb vielleicht nicht. Im schlimmsten Fall überlegt er dann vielleicht selbst, die Beziehung zu beenden.

Außerdem solltest du dir bewusst sein, dass du deinem Partner mit der Forderung nach einem Vertrauensbeweis selbst Misstrauen entgegenbringst. Du traust ihm nicht mehr, und er soll dir deshalb was beweisen. Das kann deinen Partner verletzen und die Beziehung vielleicht sogar negativ beeinflussen. Klar, du hast einen Grund für die Forderung, weil deinem Partner eine Vertrauensverletzung vorausgegangen ist. Aber ich will einfach sicherstellen, dass dir die möglichen Konsequenzen bewusst sind. Du solltest nicht leichtfertig damit umgehen und einen Vertrauensbeweis nur fordern, wenn du das wirklich für notwendig hältst. Aber wenn es nötig ist, kann so ein Beweis tatsächlich helfen, das verloren gegangene Vertrauen wiederherzustellen. Immerhin hat das schon bei vielen Paaren gut funktioniert.

3.3 Weg 3: Zeit als Heilmittel

Auch wenn das vielleicht ein bisschen wie ein Klischee klingt, steckt wirklich was Wahres drin an dem Spruch "die Zeit heilt alle Wunden". Vielleicht nicht alle Wunden und normalerweise auch nicht komplett. Meistens bleibt eine Narbe oder ein Kratzer trotzdem zurück. Aber die Zeit wird dir helfen, das verlorene Vertrauen wiederzugewinnen. Zumindest, wenn dir nicht wieder ein neuer Vertrauensbruch von deinem Partner passiert.

Klar, dieser Tipp ist kein Wundermittel, das dir sofort nach einer Vertrauensverletzung hilft. Aber es kann ein Weg für dich sein, Hoffnung zu schöpfen. Gehen wir nochmal auf das Beispiel mit den Kids deines Partners ein, die er dir nicht vorstellen wollte. In dem Fall wurde dein Vertrauen verletzt, und du willst eigentlich die Kids sofort kennenlernen, ohne noch ein weiteres Jahr zu warten. Trotzdem kannst du darauf vertrauen, dass die Zeit die Wunden des Vertrauensbruchs heilen wird. Spätestens wahrscheinlich dann, wenn du nach einer Weile die Kids doch kennenlernen darfst. Aber vielleicht sogar schon vorher. Entweder, weil du das Ganze verarbeitest und akzeptierst, was passiert ist. Oder weil dein Partner dir auf unterschiedliche Weise klarmacht, dass er es ernst mit dir meint.

Du kannst die Zeit auch als ein Art Ultimatum für dich selbst sehen. Wenn dein Vertrauen verletzt wurde, gib dir selbst zum Beispiel einen Monat oder ein halbes Jahr, um zu checken, ob das Vertrauen zurückkommt. In dem Fall wird dir bewusst, dass es Zeit braucht, Vertrauen aufzubauen. Deshalb erwartest du nicht von dir selbst, dass das Vertrauen sofort wieder da ist. Stattdessen gibst du dir vielleicht ein halbes Jahr Zeit dafür. Wie lange dieses Zeitfenster sein soll, liegt ganz bei dir. Manche nehmen sich nur ein Monat, manche ein ganzes Jahr. Das hängt auch davon ab, wie lange du dir zutraust, mit mangelndem Vertrauen in deiner Beziehung auszukommen. Wenn du nach Ablauf deiner Zeit feststellst, dass dein Vertrauen nicht wiederhergestellt oder zumindest im Aufbau ist, solltest du in Erwägung ziehen, die Beziehung zu beenden. Dann sind die Wunden entweder zu tief oder dein Partner macht scheinbar nichts dafür, dass du das Vertrauen zurückgewinnen kannst. In den meisten Fällen hilft die Zeit aber dabei, dein Vertrauen wiederherzustellen und du spürst zumindest einen Aufwärtstrend.

3.4 Selbstwiedergutmachung bei Vertrauensbrüchen

wenn du selbst in der Beziehung derjenige warst, der das Vertrauen deines Partners verletzt hat, gibt es einiges, was du tun kannst, um das Vertrauen wiederzugewinnen. Klar, die folgenden Tipps sind kein Allheilmittel und garantieren nicht, dass du das Vertrauen deines Partners sicher zurückeroberst wirst. Aber sie legen einen guten

Grundstein, um deinem Partner den Wiederaufbau des Vertrauens zu erleichtern. Probier einfach möglichst viele der folgenden Tipps aus:

- Sei ab jetzt immer offen und ehrlich zu deinem Partner und lüge nicht (auch keine kleinen Schwindeleien).
- Erklär deinem Partner ausführlich die Gründe und Umstände, die zum Vertrauensbruch geführt haben, und nimm dir immer genug Zeit für Gespräche, die dein Partner mit dir führen möchte.
- Rede proaktiv über deine Gefühle und Gedanken mit deinem Partner.
- Zeig deinem Partner regelmäßig durch kleine Gesten, dass er dir vertrauen kann.
- Lass deinem Partner ausreichend Zeit und setz ihn nicht unter Druck, wenn du merkst, dass er dir mangelndes Vertrauen entgegenbringt.
- Sei verständnisvoll und zeig deinem Partner, dass es dir aufrichtig leidtut.
- Verbring möglichst viel Zeit mit deinem Partner, um das Vertrauensverhältnis schnell wieder zu stärken.
- Mach denselben Fehler auf keinen Fall nochmal.
- Sei besonders sensibel für Situationen, die ähnlich sind wie die Situation, die bei deinem Partner zum Vertrauensverlust geführt hat.
- Vermeide wenn möglich das Zustandekommen von "Vertrauens gefährdenden" Situationen.
- Halte Absprachen und Versprechen auf jeden Fall ein.
- Spring über deinen eigenen Schatten und versuch auch mal Dinge zu tun, die du vielleicht nicht magst, aber die du weißt, dass deinem Partner gefallen.
- Verzichte wenn nötig auf Dinge, die du zwar gerne tust, aber von denen du weißt, dass sie deinen Partner verletzen könnten.
- Zeig deinem Partner kontinuierlich deinen guten Willen.
- Mach deinem Partner hin und wieder mal kleine Geschenke, die

ihn erfreuen.

- Übernimm Verantwortung für begangene Fehler und leugne bzw. verharmlose sie nicht.
- Schmiede Zukunftspläne für eure Partnerschaft, die deinem Partner zeigen, dass du es ernst meinst und eine langfristige Beziehung mit ihm anstrebst.

Viele dieser Punkte sollten eigentlich selbstverständlich in einer Beziehung sein, und ich hoffe, dass du die meisten schon vorher befolgt hast. Trotzdem kann es helfen, die Intensität des ein oder anderen Punktes nach einem Vertrauensbruch zu erhöhen. Rede noch häufiger oder detaillierter über Zukunftspläne für eure Beziehung, zum Beispiel. Oder verbring ein Teil der Zeit, den du vorher alleine, mit Kollegen oder Freunden verbracht hast, stattdessen mit deinem Partner, wenn er das möchte. Das Wichtigste, um das Vertrauen deines Partners zurückzugewinnen, ist, dass du ehrlich und aufrichtig zeigst, dass du dir Mühe gibst.

4 Überwindung der Angst zu vertrauen

Menschen, die Angst vor dem Vertrauen haben, haben meistens eine oder mehrere miese Erfahrungen in der Vergangenheit gemacht, die zur Angst geführt haben. Sie haben früher mal jemandem vertraut und sind dabei voll enttäuscht worden. Verletzt, eine richtig beschissene Zeit durchgemacht, und vielleicht sogar den Glauben an das Gute im Menschen verloren. Diese Angst vor dem Vertrauen kommt dann oft aus Zweifeln, Unsicherheit und Selbstschutz. Wenn man niemandem mehr vertraut, kann einen auch keiner mehr verletzen. So die Theorie.

In der Praxis wird es mit so einer Einstellung aber wahrscheinlich auf Dauer nicht gut laufen. Um eine glückliche Beziehung zu führen, braucht man Sicherheit im Leben. Sicherheit, dass der Partner für einen da ist, wenn man ihn braucht. Sicherheit, dass man mit dem Partner eine gemeinsame Zukunft planen kann. Und nicht zuletzt die

Sicherheit, dass man vom Partner geliebt wird. Um diese Sicherheiten in einer Beziehung zu erfahren, ist es nötig, dass man dem Partner vertraut. Selbst wenn man Angst davor hat, wird es auf Dauer keine Lösung sein, kein Vertrauen zu schenken.

Aber wie schafft man es, die Angst zu überwinden? Da gibt es leider kein Patentrezept. Es hilft aber schon mal, sich bei einer neuen Beziehung immer wieder klarzumachen, dass die Angst zu vertrauen aus der Vergangenheit kommt und der neue Partner damit nix zu tun hat. Das macht die Angst nicht weg, aber führt dazu, dass man die Vergangenheit und die Gegenwart differenziert betrachtet. Man unterscheidet die Angst von früher vom Moment hier und jetzt. Bevor die Angst zu vertrauen entstanden ist, gab es bestimmt auch Momente im Leben, in denen man glücklich vertraut hat und nicht enttäuscht wurde. Man sollte versuchen, sich diese Momente aktiv in Erinnerung zu rufen. Sich vor Augen führen, wie man sich damals gefühlt hat. Das Glück und die Sicherheit dieser guten Momente wieder spüren. Wenn einem das aus der Erinnerung schwerfällt, kann man alte Fotos oder Videos von den glücklichen Momenten anschauen, falls es die gibt. Oder mit Leuten aus der Vergangenheit reden, die bei den glücklichen Momenten dabei waren. In Erinnerungen schwelgen.

Dadurch erinnert man sich daran, dass es sich lohnen kann zu vertrauen. Dass der Zustand des Vertrauens einen glücklicher macht als das Misstrauen. Um diesen Zustand des glücklichen Vertrauens wiederzugewinnen, braucht es aber eine Menge Mut. Denn die negativen Erinnerungen aus der Vergangenheit werden nicht komplett verschwinden. Man muss sich also trauen und versuchen, die Angst zu überwinden. Die negative Vergangenheit loslassen und über den eigenen Schatten springen. An das denken, was Positives und Glückliches passieren kann, wenn man den Mut aufbringt, wieder zu vertrauen. Die Aussicht auf eine glückliche Zukunft hilft einem dabei, diesen Mut aufzubringen. "Wer nicht wagt, der nicht gewinnt." Da steckt eine Menge Wahrheit drin. Klar, man hat in der Vergangenheit auch gewagt und vielleicht verloren, indem man enttäuscht wurde. Aber man hat bestimmt auch gewagt und Glück gewonnen. Niemand kann einem garantieren, dass man wieder gewinnt, wenn man es erneut wagt zu vertrauen. Aber wenn man es nicht probiert, hat man auch keine Chance darauf. Wenn man Leute, die im Sterben liegen, danach fragt, was sie im Leben am meisten bereuen, hört man oft: "Nicht die Dinge, die ich getan habe, sondern die Dinge, die ich nicht getan habe. Die Chancen, die ich aus Angst liegen gelassen habe."

Keiner sagt, dass es leicht ist, die eigene Angst zu überwinden und die negativen Erfahrungen der Vergangenheit hinter sich zu lassen. Der Anreiz, durch Vertrauen Sicherheit und Glück zu erfahren, sollte aber groß genug sein, um sich wieder zu trauen und es zu wagen. Wenn einem dieser Anreiz nicht reicht und die Angst einfach zu groß ist, braucht man vielleicht eine professionelle Verarbeitung der vergangenen Negativerfahrungen. In dem Fall ist eine Therapie und die Hilfe eines erfahrenen Psychotherapeuten eine gute Idee. Denkt immer dran: Das Leben ist zu kurz, um unglücklich und voller Ängste zu sein!

5 Aufbau von Vertrauen nach Lügen

Wenn dein Partner dich angelogen hat, ist das in der Regel erstmal echt enttäuschend, und dein Vertrauen ist irgendwie im Eimer. Um das wieder hinzubiegen, braucht es meistens eine gewisse "Bewährungszeit". Viele Menschen, die von ihrem Partner angelogen wurden, stellen den danach bewusst oder unbewusst erstmal auf die Probe. Nach dem Motto "Wer einmal lügt, dem glaubt man nicht mehr" schauen sie genauer hin und haben eine Menge Misstrauen und Zweifel.

Klar, das kann man gut verstehen und ist auch irgendwie berechtigt.

Aber es kann auch dazu führen, dass die Beziehung in eine doofe Richtung geht und Misstrauen und Zweifel das Ganze im schlimmsten Fall kaputtmachen. Denn Misstrauen und Zweifel sind nicht gerade das beste Rezept für eine glückliche Beziehung. Um das Vertrauen nach einer Lüge wieder aufzubauen, kannst du erstmal die Tipps in Kapitel 3 checken: Miteinander reden, die Gründe für die Lüge verstehen, wenn möglich verzeihen, vielleicht einen Vertrauensbeweis einfordern und einfach mal abwarten, bis die Wunden heilen.

Nach einer Lüge ist vor allem Ehrlichkeit seitens deines Partners total wichtig. Aber klar, wenn das Vertrauen einmal im Eimer ist, fällt es vielen schwer, dem Partner die Ehrlichkeit abzukaufen.

5.1 Kontrolle als Mittel zur Rückgewinnung von Vertrauen

Wenn du wieder an die Ehrlichkeit deines Partners glauben möchtest, könnte Kontrolle vorübergehend eine Option für dich sein. Aber nicht auf Dauer, weil das nicht nur mega anstrengend für dich ist, sondern auch zeigt, dass du dein Vertrauen noch nicht zurückgewonnen hast. Trotzdem kann Kontrolle helfen, deine Zweifel zu klären und wieder an die Ehrlichkeit deines Partners zu glauben. Du könntest zum Beispiel die Nachrichten auf seinem Handy checken, Freunde fragen, ob die Verabredung wirklich stattfindet, oder ihm hinterherfahren. Das kann dir Gewissheit geben, ob dein Partner wieder lügt oder diesmal die Wahrheit sagt. Aber übertreib es nicht mit der Kontrolle, lass das nicht in einen krankhaften Kontrollwahn ausarten. Benutz die Kontrolle also bitte nur sehr selektiv und kurzfristig.

Und pass auf, dass dein Partner nicht mitkriegt, dass du ihn kontrollierst. Wenn du zum Beispiel seine Nachrichten liest, versuch, dabei nicht erwischt zu werden. Und wenn du die Freunde oder

Arbeitskollegen deines Partners befragst, mach das nicht zu offensichtlich. Wenn du herausfinden willst, ob dein Partner wirklich mit Kollegen auf ein Bier geht, frag entweder nur einen Kollegen, dem du vertraust, oder überleg dir einen Vorwand für die Frage. Ruf zum Beispiel einen Arbeitskollegen an und sag, dass du heute Abend eine Überraschung für deinen Partner planst. Deshalb würdest du gern wissen, wie lange der Abend unter Kollegen dauern wird, damit du planen kannst, wann dein Partner wieder zu Hause sein wird. Sei hierbei echt vorsichtig und bedenk die möglichen Konsequenzen.

Wenn du deinem Partner sogar hinterherfahren willst, sei auch da mega vorsichtig. Sorg dafür, dass dich keiner sieht. Wenn dein Partner rauskriegt, dass du ihm nachspionierst, wird ihn das sicher enttäuschen. Im schlimmsten Fall denkt er sogar über eine Trennung nach. Nutz Kontrolle also bitte nur als letzten Ausweg und wenn möglich nur einmalig, um dein Vertrauen nach einer Lüge wieder aufzubauen.

5.2 Eine Lüge im Vergleich zu 1000 Wahrheiten

Probier mal diese Sache aus, auch wenn es nicht bei allen klappt, könnte es einen Versuch wert sein. Wenn dein Partner dich angelogen hat, versuch diese Lüge ein bisschen zu relativieren und in einem gewissen Maß weniger wichtig zu machen. Denk dran, dass diese Lüge nur ein kleiner Teil eurer Beziehung ist und um die Lüge herum einen Haufen Wahrheiten existieren. Überleg mal, wie oft dein Partner dir die Wahrheit gesagt hat und wie wenig diese eine Lüge im Vergleich dazu wiegt.

Mit diesem Verhältnis könntest du die Lüge vielleicht besser verkraften und dein Vertrauen in deinen Partner stärken. Wenn er von 1000 Aussagen (oder so) nur einmal gelogen hat, wirkt dieses eine Mal wahrscheinlich viel kleiner und unwichtiger. Natürlich vergisst du die Lüge damit nicht, aber es wird dir klar, dass die Lüge nur ein kleines Mosaik im riesigen Bild der Wahrheiten deines Partners ist. Aber falls du jetzt auch die vorherigen Aussagen deines Partners für zweifelhaft hältst und dich fragst, was wohl noch alles gelogen war, solltest du echt dringend ein Gespräch mit deinem Partner suchen. Denn diese Methode kann nur dann funktionieren, wenn es tatsächlich nur um eine einzige Lüge geht.

Aber am Ende musst du dir auch klar sein, dass nicht jede Lüge verziehen werden kann. Manche Lügen sind so krass und enttäuschend, dass es dir einfach nicht gelingen kann, die zu verzeihen. In dem Fall wäre eine Trennung wohl der einzige Ausweg.

6 Umgang mit fehlendem Vertrauen in der Beziehung

Wenn dir das Vertrauen in der Beziehung fehlt, kann das viele Gründe haben. Vielleicht kennt ihr euch noch nicht so lange, hattet schlechte Erfahrungen in früheren Beziehungen oder es gab einen Vorfall, der dein Vertrauen erschüttert hat. Die vorherigen Abschnitte haben schon eine Menge dazu gesagt, warum das so sein könnte. Aber was dir jetzt helfen könnte, ist vielleicht, Vertrauensübungen zu machen. Das sind keine Tests, um den anderen zu überwachen, sondern einfach abgesprochene Übungen, um Vertrauen aufzubauen.

Zum Beispiel könntest du deinen Partner bitten, dich aufzufangen. Stell dich vor ihn hin, mit dem Rücken zu ihm, und lass dich einfach fallen. Er soll dich auffangen und verhindern, dass du auf den Boden knallst. Das kannst du quasi überall und ohne viel Aufwand machen. Es ist sozusagen ein greifbarer Beweis dafür, dass du deinem Partner vertrauen kannst. Dass er für dich da ist und dich nicht hängen lässt. Mach die Übung vielleicht ein paar Mal, um für dich sicherzugehen, dass es kein einmaliger Zufall war. Dass du deinem Partner wirklich dauerhaft vertrauen kannst. Danach könnt ihr die Rollen tauschen, und dein Partner lässt sich von dir auffangen. Das zeigt ihm, dass er dir auch vertrauen kann.

Eine andere coole Übung, um Vertrauen aufzubauen, wäre gemeinsames Klettern. Es gibt Indoor-Kletterhallen oder auch Outdoor-Möglichkeiten, die von Profis betreut werden. Wenn du kein erfahrener Kletterer bist, solltest du auf jeden Fall unter Anleitung klettern und nicht allein losziehen. Such einfach mal bei Google nach einer geeigneten Klettermöglichkeit. Dort bekommst du das Equipment und eine Einweisung, wie du deinen Partner sichern kannst und welche Vorsichtsmaßnahmen du beachten musst.

Während des Kletterns sichert dich dein Partner mit einem Seil, damit du nicht runterfällst, sondern vom Seil aufgefangen wirst. Das erfordert einen ziemlich hohen Vertrauensbeweis, weil ein Sturz aus der Höhe ziemlich gefährlich sein kann. Es ist wichtig, dass der Sicherungspartner während des Kletterns total konzentriert ist, besonders wenn du Anfänger bist. Achte darauf, dass der Gewichtsunterschied zwischen euch nicht zu groß ist, denn sonst könnte die Sicherung schwierig sein. Eine 50 Kilo schwere Frau wird einen Mann von 130 Kilo wahrscheinlich nicht halten können. Der Profi in der Kletterhalle kann dir da mehr Infos geben. Klär vorher ab, ob euer Gewichtsunterschied ein Problem ist. Wenn die gegenseitige Sicherung beim Klettern klappt, wird das auf jeden Fall eine spürbare Erfahrung fürs Vertrauen sein.

Falls du lieber eine kostenlose und einfachere Übung ausprobieren willst, kannst du folgendes machen: Schließ deine Augen und verbinde sie eventuell mit einem Tuch. Bitte dann deinen Partner, dich an einem unbekannten Ort (also nicht zu Hause) rumzuführen. Du kannst nichts sehen und bist darauf angewiesen, dass dein Partner dich steuert. Er kann entweder seine Hände auf dich legen und dich so durch die Umgebung führen oder dir Anweisungen geben, in welche Richtung du gehen sollst (rechts, links, geradeaus, zurück).

Wenn dein Partner dich zuverlässig durch die Umgebung führt, erreichst du ein vereinbartes Ziel (z.B. einen Baum oder den Ausgang eines Hauses) ohne dich zu verletzen. Du läufst nicht gegen scharfe oder spitze Sachen, fällst nicht hin und verletzt dich nicht. Dadurch merkst du spürbar, dass du dich auf deinen Partner verlassen kannst. Er ist vertrauenswürdig und bringt dich sicher zum Ziel. Dann tauscht ihr die Rollen, und du führst deinen Partner mit verbundenen Augen zu einem Ziel.

Solche Übungen können echt helfen, das fehlende Vertrauen in der Beziehung aktiv anzugehen und zu unterstützen. Probiere es einfach mal aus, du hast wirklich nichts zu verlieren.

7 Fazit

Vertrauen ist mega wichtig für jede Beziehung, das steht wohl außer Frage. Ohne dieses gegenseitige Vertrauen kann die Sache mit euch beiden auf Dauer echt schwierig werden. Deshalb ist es nicht nur am Anfang wichtig, sondern auch, wenn ihr schon eine Weile zusammen seid, da dran zu bleiben und dieses Vertrauen zu hegen und zu pflegen. Die Basis legt ihr zwar zu Beginn, aber es ist genauso wichtig, das Ding auch weiterhin am Laufen zu halten.

Also, leichtfertig solltet ihr echt nicht mit dem Thema Vertrauen umgehen. Immer daran denken, dass es nicht selbstverständlich ist und aktiv daran arbeiten, dass ihr euch nicht enttäuscht. Klar, mit der Zeit wird das Vertrauen wahrscheinlich stabiler, wenn ihr zusammen durch dick und dünn gegangen seid. Nach 20 Jahren Ehe werdet ihr euch wahrscheinlich mehr vertrauen als in den ersten drei Monaten. Aber Achtung, Vertrauensbrüche können auch nach langer Zeit noch richtig wehtun und im schlimmsten Fall zu einer Trennung führen.

Also immer im Kopf behalten, wie wichtig dieses Vertrauen ist. Macht es zur Selbstverständlichkeit, euch nicht anzulügen und euch nicht zu enttäuschen. Vertrauenspflege sollte keine nervige Aufgabe sein, sondern einfach ein Teil eures Alltags. Am besten wird es so normal für euch, dass ihr gar nicht mehr drüber nachdenken müsst, sondern es einfach passiert.

Viel Erfolg beim Aufbauen, Wiedergewinnen oder Pflegen eurer Vertrauensbasis! Ihr werdet sehen, dass sich die Mühe lohnt und eure Beziehung davon profitieren wird!

Das Gesetz der Anziehung
3 Stunden Online Kurs mit mir

Das Gesetz der Anziehung besagt, dass Gleiches: Gleiches anzieht. Mit anderen Worten: Das, worauf du deine Aufmerksamkeit richtest, ziehst du in dein Leben. Dieser Kurs bietet dir nicht nur ein tiefes Verständnis dieses Gesetzes, sondern auch praktische Anleitungen, wie du es bewusst nutzen kannst, um positive Veränderungen in verschiedenen Lebensbereichen zu manifestieren.

 **Mehr Infos**

Scan mich!

**Spare 20% mit POET20 beim Kauf.
Rabatt gibt es nur in Kombination mit diesem Buch!**

Bonus II
Perfekt vorbereitet für das erste Date

Für meine Frau und das beste erste Date der Welt

1 Inhaltsverzeichnis

2 Gründe für die Relevanz dieses Bonusmaterials

Überlegst du, ob so ein Ratgeber für ein erfolgreiches erstes Date was für dich ist? Ich würd sagen, die Chancen stehen echt gut. In diesem Bonus hier findest du Antworten auf die Fragen, die sich viele Leute vor dem ersten Date stellen:

- Wohin soll man gehen?
- Was kann man beim ersten Date machen?
- Wie geht man mit der Nervosität um?
- Wie benimmt man sich richtig?
- Sollte man was schenken?
- Was zieht man an?
- Wie sagt man das Date ab?
- Worauf sollte man achten?
- Wie begrüßt man das Date?
- Was sagt die Körpersprache und wie verhält man sich passend?
- Über welche Themen kann man quatschen?
- Wie überbrückt man das peinliche Schweigen?
- Wie steht es ums Küssen und Sex beim ersten Date?
- Welche Fehler sollte man unbedingt vermeiden?
- Wie beendet man das erste Date?
- Wie handelt und benimmt man sich nach dem ersten Date am besten?

Mein Bonus II ist in drei große Teile und einen Spezialteil aufgeteilt. In den ersten drei Teilen geht es um Vorbereitung, das eigentliche Treffen und was danach passiert. Der Spezialteil ist extra aus der Männersicht geschrieben. Da kriegst du Antworten darauf, was Männer eigentlich beim ersten Date wollen und worauf sie so achten.

Egal, ob du noch nie ein Date hattest oder ständig auf Dates gehst: Diese Bonus gibt dir auf jeden Fall Tipps, die du noch nicht kennst. Denn je mehr Erfahrung du sammelst und je weniger Anfängerfehler du machst, desto besser werden deine Erfolgsaussichten. Diesen Bonus kannst du in einem Rutsch durchlesen oder immer mal wieder reinschauen, wenn du Fragen hast.

Ob du jetzt eine Frau oder ein Mann bist, dieser Bonus hilft dir auf jeden Fall dabei, persönlich zu wachsen und schneller den richtigen Partner zu finden. Am Ende hast du einen rundum Ratgeber, der dir bei vielen neuen Herausforderungen rund ums erste Date unter die Arme greift.

"Beziehungen sind alles. Alles im Universum existiert nur, weil es in Beziehung zu allem anderen steht. Nichts existiert isoliert. Wir müssen aufhören so zu tun, als wären wir Individuen, die es allein schaffen." - Margaret Wheatley

3 Vorbereitung auf das erste Date

Das kennst du bestimmt: Tagelang und nächtelang chattet man sich über WhatsApp, Facebook oder Instagram, ob man sich jetzt das erste Mal online begegnet ist, sich flüchtig in der Uni oder bei der Arbeit getroffen hat. Irgendwie wird das Interesse von beiden Seiten immer stärker. Und dann nimmt einer endlich all seinen Mut zusammen und fragt den anderen, ob man sich nicht mal treffen sollte. Endlich ohne Arbeitskollegen, Profs und dem ganzen elektronischen Kram, der so bei Nachrichten verschicken anfällt, ist es ja auch viel einfacher, sich näher zu kommen. Wenn es dann zu einem Konsens kommt und beide ein Treffen cool finden, geht es auch schon ans Planen. Da kommen dann auch schon die ersten Fragen hoch: Wird er mich mögen? Was zieh ich an? Wo gehen wir hin? Wohin wird das erste Date führen? Bin ich überhaupt bereit für eine Beziehung?

Klar, das sind eine Menge Fragen auf einmal. Deswegen ist es wichtig, erst mal die Ruhe zu bewahren, systematisch vorzugehen und den Dating-Partner von Anfang an mit einzubeziehen. Und genau da hilft dir dieser Bonus. Es gibt dir Tipps, wie du die Koordination im Interesse von beiden besser hinkriegst. Die Tipps sind chronologisch aufgebaut, so wie es auch normalerweise bei einem typischen ersten Date abläuft.

3.1 Wahl des idealen Treffpunkts

Die erste Frage, die wohl jedem durch den Kopf geht und echt wichtig ist, ist die nach dem perfekten Ort fürs erste Date. Klar, der sollte nicht mega langweilig sein, aber auch nicht gleich zu übertrieben. Ein Helikopterrundflug wäre schon eine Nummer zu krass und in der Uni Mensa wirkt es irgendwie seltsam.

Der Treffpunkt sollte am besten neutral sein. Das ist wichtig, weil man sich ja meistens noch nicht so richtig kennt und sich so besser aufeinander einstellen kann. Am besten ist ein Ort, wo du dich selbst wohlfühlst und entspannt flirten oder quatschen kannst. Das lockert die Situation gleich zu Beginn und das Eis ist schneller gebrochen.

Aber achte drauf, dass es nicht zu laut ist, damit man sich gut unterhalten kann. Wenn ihr euch beim ersten Date in einer Disco oder auf einem Rockkonzert trefft, wird es schwierig mit dem Unterhalten im normalen Ton. Deshalb sind Kinos für das erste Date auch nicht so ideal.

Die Umgebung darf ruhig originell und außergewöhnlich sein. Das bedeutet nicht, dass es langweilig sein muss. Mit originell meine ich so Orte, die nicht unbedingt alltäglich sind, aber trotzdem coole Erinnerungen wecken, zum Beispiel ein Planetarium.

Und falls das Date nicht so läuft wie geplant oder du dir was anderes vorgestellt hast, sollte es Rückzugsmöglichkeiten geben. Ein Kinobesuch oder eine Bootstour sind da eher ungünstig. Und Ablenkungen sollten möglichst wenige sein, damit ihr euch besser aufeinander konzentrieren könnt. Fußball im Fernsehen im Hintergrund ist da nicht so der Hit.

Die Location sollte auch eine entspannte Stimmung zulassen. Ein überfülltes Brauhaus ist halt einfach was anderes als ein gemütlicher Spaziergang im Park. Am Ende ist es wichtig, sich abzustimmen und den anderen zu fragen, worauf er Lust hat. Wenn du noch nicht gefragt wurdest, mach einfach drei Vorschläge, auf die du selbst Lust hast. Das macht die Auswahl einfacher.

Trotz all der Ratschläge ist das Wichtigste, dass die Umgebung zu dir passt. Wenn du sonst nie schick essen gehst und nicht der Typ für elegante Abendgarderobe bist, dann schlag nicht gleich einen schicken 3-Sterne-Franzosen vor. Sei einfach du selbst beim ersten Date und tu nicht so, als wärst du jemand anderes. Verstellen bringt sowieso nichts, weil du früher oder später sowieso dein wahres Ich zeigst. Wenn du also ein Kneipenfan bist und nicht der schicke

Restauranttyp, dann such nach einem Partner, der deine Vorlieben teilt. Und den findest du nur, wenn du beim ersten Date einen ehrlichen Ort aussuchst, der zu dir passt und von Anfang an zeigt, wer du wirklich bist.

3.2 Kreative Ideen für das erste Date: 20 Vorschläge

Um einen coolen Ort zu finden, kannst du einfach überlegen, was ihr beim ersten Date so machen könnt, damit es nicht mega langweilig wird, aber auch nicht zu abgedreht ist. Im Endeffekt soll der Tag positiv in Erinnerung bleiben, und beide sollten gerne daran zurückdenken. Hier sind 20 Ideen, die dir vielleicht bei deiner Entscheidung helfen.

- Kochabenteuer: Wie wäre es mit einem Kochkurs? Gutes Essen, Spaß beim Zubereiten und am Ende schlemmen – klingt doch nach einer coolen Zeit, oder?
- Höhenflug: Aussichtsplattformen sind nicht nur für Touris! Gemeinsam schwindelfrei den Blick über die Stadt genießen, dazu vielleicht ein Cocktail in der Hand – coole Atmosphäre, oder?
- Bowling Night: Regnet es? Kein Problem! Ab auf die Bowlingbahn. Bowling ist nicht nur lustig, sondern auch eine super Gelegenheit, sich näher zu kommen. Und danach einen Drink in der Bar?
- Stadterkundung: Wie wäre es mit einem entspannten Bummel durch die Stadt? Coole Läden entdecken, vielleicht was essen und trinken – easy und gemütlich.
- Burgentour: Schlösser und Burgen erkunden? Mega romantisch! Vorher vielleicht ein bisschen googeln und dann eine persönliche Führung improvisieren.
- Dinner in the Dark: Mal was Verrücktes? Dinner in the Dark! Essen ohne zu sehen, bringt garantiert ein paar Lacher und sorgt für ein unvergessliches Erlebnis.

- Drachen steigen lassen: Kindheitserinnerungen auffrischen! Gemeinsam Drachen steigen lassen – viel Spaß und gute Gespräche sind garantiert.
- Heimatbesuch: Zeig deinem Date, wo du groß geworden bist. Viel zu erzählen und einen perfekten Anlass für ein zweites Date.
- Eislaufen: Winterzeit? Ab auf die Eisbahn! Eislaufen macht Spaß und danach kann man sich bei einer heißen Schokolade aufwärmen.
- Fahrradtour: Sportlich unterwegs sein? Fahrradtour mit Ziel, vielleicht sogar mit einem Picknick unterwegs?
- Fremde Stadt erkunden: Zusammen eine neue Stadt erkunden, Geheimtipps von Passanten erfragen und dabei die Stadt neu entdecken.
- Minigolf: Lust auf eine Runde Minigolf? Entspannt, lustig und eine gute Gelegenheit, sich spielerisch näher zu kommen.
- Museum oder Fotoausstellung: Kulturell interessiert? Ein Museum oder eine Fotoausstellung besuchen und über Kunst plaudern.
- Restaurant-Hopping: Essen gehen ist immer gut! Entscheidet gemeinsam, worauf ihr Lust habt. Mal was Neues probieren?
- Schifffahrt oder Lesung: Bootstour mit Lesung an Bord? Romantisch und kulturell – eine gelungene Kombi.
- Schlittenfahren: Schnee? Ab auf den Schlitten! Viel Spaß, Nähe und vielleicht ein gemütlicher Abend danach.
- Schwimmen gehen: Ob im Sommer im See oder im Winter im Spaßbad – gemeinsam planschen macht Spaß und ist entspannt.
- Spaziergang: Ruhiger, aber schön: Ein ausgedehnter Spaziergang in einem Park oder Wald, vielleicht mit einem abschließenden Cafébesuch.
- Sternenhimmel beobachten: Romantik gefällig? Sterne anschauen – chillig, romantisch und perfekt, um den Abend ausklingen zu lassen.

- Zoo oder Aquarium: Tierfreunde aufgepasst! Ein Zoobesuch ist immer unterhaltsam und bietet viele Gesprächsthemen.

Egal, wofür ihr euch entscheidet, Hauptsache, es wird ein unvergessliches Date!

3.3 Umgang mit Ängsten und Nervosität

Wenn der Treffpunkt festgelegt wurde und das gemeinsame Date näher rückt, kriegen viele von uns ein bisschen Angst und werden nervös. Die Angst, irgendetwas falsch zu machen oder dem anderen nicht zu gefallen, sitzt tief. Fragen wie "Was ist, wenn ich bei ihm oder ihr nicht lande?" oder "Was, wenn er oder sie kneift?" schwirren im Kopf herum. Und dann die Sorge vor verschwitzten, zittrigen Händen, die die Nervosität noch mal ordentlich anheizt. Aber wie kann man das Ganze am besten handhaben, damit das erste Date nicht in die Hose geht? Hier sind ein paar Tipps, die dir helfen können, mit der Angst und Nervosität vor dem ersten Treffen klarzukommen.

- Lieblingsmusik hören: Um vorher ein bisschen runterzukommen, ist es super, deine Lieblingsmusik zu hören. Das lenkt ab und nimmt etwas von der Nervosität. Auch auf dem Weg zum Date wird es damit angenehmer. Einfach im Auto oder mit Kopfhörern in Bus und Bahn deine Lieblingsmelodien aufdrehen. Simpel, aber effektiv.

- Freunde anrufen: Wenn die Nerven wirklich blank liegen, ruf einfach Freunde an. Spielt die Situation am Telefon durch und erklär, wovor du Angst hast. Das hilft oft schon, die Angst ein bisschen zu lindern. Außerdem können Freunde mit zusätzlichen Tipps unterstützen, besonders die, die schon Erfahrung mit Dates haben.

- Witzige Videos: Es mag albern klingen, aber das Anschauen von lustigen Videos kann die Stimmung schnell aufhellen. Besonders, wenn der Kopf eigentlich woanders ist. Plattformen wie

YouTube haben haufenweise kostenlose Videos. Die bewegten Bilder lenken dich fast komplett von der bevorstehenden Situation ab und senken den Stresspegel. Bonus: Sie können auch deine Stimmung verbessern.

- Autogenes Training: Wenn du nach einer Methode suchst, um innerlich runterzukommen, probier autogenes Training. Das ist eine Entspannungstechnik, bei der du einen inneren Ruhepuls erreichst. Das kann dir helfen, entspannter und gelassener mit neuen und stressigen Situationen umzugehen, wie eben einem ersten Date.

- Schwitzige Hände loswerden: Wenn schwitzige Hände dein erster Eindruck trüben könnten, probier ein paar Methoden dagegen aus. Babypuder ist eine gute und einfache Option. Es absorbiert die Feuchtigkeit und lässt deine Hände trockener werden. Aber nicht übertreiben, sonst sind sie pudrig statt feucht. Ein Taschentuch in der Hosentasche funktioniert auch, um die Hände diskret abzutrocknen. Regelmäßiges Händewaschen mit Kernseife kann langfristig die Feuchtigkeit entziehen, aber übertreib es nicht.

- Rotwerden loswerden: Wenn du dazu neigst, beim Date rot zu werden, steh dazu. Mach dir klar, dass es okay ist, dass dein Date sieht, dass du rot wirst. Es ist einfach deine Reaktion auf bestimmte Situationen und total natürlich. Steh zu dir und versuch, dein Selbstbewusstsein zu stärken, indem du an deine Stärken denkst.

- Atemübungen: Atemübungen können gegen das Rotwerden und die Nervosität helfen. Leg deine Hand etwa 2 cm unterhalb deines Bauchnabels auf deinen Bauch und atme langsam ein und aus. Konzentrier dich für ein paar Minuten nur auf deinen Atem. Vergiss das bevorstehende Date und was du zu Abend essen wirst. Konzentrier dich nur auf deinen Atem. Du wirst merken, dass du nach kurzer Zeit ruhiger und entspannter bist.

- Positive Gedanken: Deine innere Verfassung ist genauso wichtig wie das Treffen selbst. Bring eine grundlegende positive Einstellung mit. Stimm dich vor dem Date positiv ein, denk an eine tolle Party oder ein schönes Erlebnis. Ein kleiner Trick, um langfristig positiver zu denken, ist, jeden Morgen und Abend eine Minute in den Spiegel zu lächeln und dabei an etwas Schönes zu denken.
- Den Tag perfekt vorstellen: Wenn du dir vorstellst, dass der Tag perfekt läuft, lässt das dich innerlich und äußerlich entspannter wirken. Stell dir vor, wie dein absolutes Traum-Szenario für das Date aussieht. Das lenkt von Ängsten ab und verdrängt sie ein bisschen. Denn in der Regel können wir uns nur auf eine Sache gleichzeitig konzentrieren. Wenn das etwas Positives ist, wirkt sich das auch auf unsere Stimmung aus.
- Worst Case Szenario ausmalen: Überleg dir, was das Schlimmste ist, was beim Date passieren könnte. Eine Abfuhr bekommen? Eine Backpfeife kassieren, weil du dich danebenbenommen hast? Klarheit darüber zu haben, was das schlimmste Szenario ist, kann die Nervosität mindern. Wenn die Ängste aufgeschrieben werden, kann das vielen helfen, sich von den Dingen nicht so verunsichern zu lassen und die Nervosität zu senken.

3.4 Richtiges Verhalten beim ersten Date

Einfach du selbst sein

Beim ersten Date ist es am besten, einfach du selbst zu sein. Das bedeutet nicht nur das Outfit, sondern auch dein Verhalten und deine Art. Natürlich sollte man eine gewisse Etikette zeigen, aber immer im Einklang mit deiner eigenen Persönlichkeit. Kein unnötiges Getue, sei authentisch. Ein Kniefall wie im alten England hat beim ersten Date genauso wenig zu suchen wie ein schicker Anzug. Übermäßig kluges Geschwätz, um intelligent zu wirken, sollte man auch vermeiden. Je natürlicher du bleibst, desto besser kommst du bei deinem Date an.

Chillen ist angesagt

Lockerheit ist der Schlüssel. Versuche, entspannt an die Sache heranzugehen und befreie dich von dem Gedanken, jemand anderes zu sein. Eine positive Grundhaltung nach dem Motto "Das wird schon klappen" ist wichtig, um Ängste und Zweifel zu überwinden. Dadurch wirkst du bewusst und unbewusst lockerer. Denke einfach daran, dass du nichts zu verlieren hast. Vor dem Date warst du ohne Partner, und im schlimmsten Fall gehst du genauso wieder heraus.

Bring Humor ins Spiel

Lustige und lockere Sprüche kommen immer gut an. Vermeide jedoch Sprüche wie "Sind deine Eltern Terroristen? - Du bist scharf wie eine Bombe." Das schießt dich gleich ins Aus. Alles, was dir spontan einfällt und zur Situation passt, ist okay. Wenn du dein Date öfter zum Lachen bringst, hast du schon halb gewonnen. In der Regel fühlen wir uns wohl, wenn wir zusammen lachen können. Natürlichkeit ist hier wieder wichtig, um Authentizität zu zeigen. Aufgesetzte und auswendig gelernte Witze schaden eher.

Sei pünktlich

Es ist wichtig, pünktlich zum Date zu erscheinen. Lieber ein paar Minuten zu früh als zu spät kommen. Rechne einen zusätzlichen Puffer von 15 Minuten ein und starte 15 Minuten früher mit allem, was du vorhattest. Das reduziert die Wahrscheinlichkeit, zu spät zu kommen. Falls du dennoch befürchtest, dass es knapp wird, korrigiere die Zeit entsprechend. Versuche, pünktlich zu sein, um einen guten ersten Eindruck zu hinterlassen. Wenn du trotzdem zu spät dran sein solltest, schicke auf jeden Fall eine Nachricht oder rufe an, um dein Date zu informieren.

Klare Gedanken

Mach dir im Vorfeld Gedanken darüber, wie du dein Date wirklich findest. Warum möchtest du ihn oder sie treffen? Welche positiven Eigenschaften sprechen für dein Date? Was erhoffst du dir von dem

Treffen? Klare Gedanken helfen dir, deinen Kopf frei zu bekommen und mögliche Zweifel aus dem Weg zu räumen. Zudem fällt es dir später leichter, mit ehrlichen Komplimenten zu punkten.

Ehrliche Komplimente

Überlege dir ein kleines Kompliment, das du deinem Date sagen könntest, wenn der richtige Moment dafür kommt. Sage etwas, das er oder sie nicht ständig hört. Bleibe ehrlich und aufrichtig und sage nur, was du wirklich ernst meinst. Weniger ist mehr, also übertreibe es nicht. Gezielte Komplimente, die zur Situation passen, machen dich glaubwürdig und schmeicheln deinem Date.

Höflichkeit zählt

Bleibe kontinuierlich höflich und zuvorkommend. Einige Benimmregeln gehören einfach zum Standardrepertoire beim ersten Date. Der Mann sollte beispielsweise die Tür aufhalten und die Jacke abnehmen. Kenne dich auch beim Essen aus. Zeige Disziplin, besonders wenn es um Tischmanieren geht.

Smartphone pausieren

Verzichte nach Möglichkeit auf dein Smartphone und schenke deinem Date deine volle Aufmerksamkeit. Das ist nicht nur höflich, sondern auch angenehmer für beide. Denke daran, wie es wäre, wenn dein Date ständig auf sein Handy schauen würde. Verzichte lieber darauf oder schalte es zumindest lautlos. Widme dich stattdessen voll und ganz deinem Date.

Alkohol in Maßen

Wenn du gerne Alkohol trinkst, halte dich beim ersten Date zurück. Ein paar Cocktails sind okay, aber übertreibe es nicht. Gerade wenn dein Date wenig oder gar nichts trinkt, kann zu viel Alkohol schnell peinlich werden. Finde lieber ein Getränk, das ihr gemeinsam genießen könnt, um erste Gemeinsamkeiten zu schaffen.

3.5 Sinnvolle Geschenke beim ersten Date?

Ein bisschen Aufmerksamkeit hat noch niemandem geschadet. Manchmal kann eine kleine Blume oder so echt was bewirken. Aber klar, beim ersten Date sollte man nicht gleich übertreiben. Eine coole Idee wäre auch, nach dem eigentlichen Treffen (zum Beispiel im Café) noch einen speziellen Ort vorzuschlagen, wo ihr hinfahren könntet. Vielleicht ein Ort mit einer mega Aussicht, den du als Geheimtipp kennst. Das zeigt, dass du dir Gedanken gemacht hast und ein bisschen kreativ bist. Aber achte darauf, dass es nicht so rüberkommt, als wolltest du nur möglichst schnell im Bett landen. Denn je romantischer und abgelegener der Ort, desto mehr kann das in die Richtung interpretiert werden.

Allgemein gilt für das erste Date: Wenn du wirklich ein Geschenk mitbringen willst, dann halte es so klein wie möglich. Denk dran, es ist ein erstes Treffen und kein Antrag auf Verlobung. Hier ist wirklich oft weniger mehr. Mit einem kleinen Geschenk punktest du eher, weil du dran gedacht und dir Gedanken gemacht hast, als wenn du was teures gekauft hast. Bleib entspannt, wenn du dich dafür entscheidest, beim ersten Date was zu schenken.

Blumen sind so eine Sache. Viele verbinden zum Beispiel mit Rosen gleich Liebe. Deswegen könnten eine oder mehrere Rosen beim ersten Date etwas zu viel sein. Genauso ist die Calla keine gute Wahl, weil die hierzulande hauptsächlich bei Beerdigungen verwendet wird. Orchideen sind einfach zu groß für ein erstes Date. Und einen ganzen Blumenstrauß zu verschenken, ist meistens auch too much. Selbst ein Stiefmütterchen kann falsch verstanden werden. Wenn du dir einen Gefallen tun willst, dann lass Blumen beim ersten Treffen besser weg.

Schmuck oder Parfüm sind auch keine gute Wahl für das erste Date.

Beim ersten Treffen geht es meistens darum, sich nach einem ersten Austausch näher kennenzulernen. Schmuck oder Parfüm sind da einfach too much und könnten für den anderen unangenehm sein. Solche Geschenke sind eher was, wenn man sich schon länger kennt und vielleicht schon zusammen ist.

Kreative Geschenke gehen schon eher klar für das erste Date. Hier kannst du punkten, wenn du gut zugehört hast in den ersten Gesprächen. Zum Beispiel, wenn dein Date einen bestimmten Musikgeschmack hat, aber Probleme hat, passende Lieder zu finden. Wenn du eine eigene Playlist mit den richtigen Songs erstellst, wird sich dein Date sicher freuen. Kreative Geschenke sind vor allem dann cool, wenn sie zu den bisherigen Gesprächen passen.

Wenn du unsicher bist, dann lieber gar nichts schenken. Das wird dir keiner übelnehmen, wenn du beim ersten Date ohne Geschenk auftauchst. Die Wahrscheinlichkeit ist größer, dass dein Date auch nichts mitbringt, als dass sich gegenseitig was geschenkt wird. Die Ideen kannst du dann für das nächste Treffen aufheben. Wenn sich wirklich eine Partnerschaft entwickelt, habt ihr ja genug Zeit, euch später was zu schenken. Aber normalerweise bringt ein Geschenk beim ersten Treffen nicht unbedingt eine Partnerschaft voran.

3.6 Low-Budget-Varianten für das erste Date

Manchmal ist man echt knapp bei Kasse. Dann sollte man schon vorher überlegen, wie man das Date in der Low Budget Variante rocken kann, ohne dabei den Eindruck zu erwecken, dass das Portemonnaie gerade eine Flaute hat. Eine Option wäre, von Anfang an offen mit der Situation umzugehen und ehrlich zu sagen, dass das Geld gerade knapp ist. Aber klar, das kann auch schnell komisch werden.

Eine andere Idee wäre, den oder diejenige nach Hause einzuladen und das Thema Geld einfach zu umschiffen. Ihr könntet zusammen einen Film schauen und was Leckeres essen. Oder ein entspannten Spaziergang im Park oder am Rhein machen, wo man sich ganz locker unterhalten kann.

Wenn du wirklich unsicher bist, könntest du dir auch ein bisschen Geld von einem guten Freund oder einer guten Freundin leihen. Meistens verstehen sie die Situation und helfen gerne aus.

3.7 Kleidungswahl für das erste Date

Das mit dem Outfit beim ersten Date ist vielleicht nicht der Mega-Game-Changer, aber trotzdem nicht ohne. Wusstest du, dass wir uns innerhalb der ersten vier Sekunden entscheiden, ob jemand attraktiv ist? verrückt, oder? Da spielt das Outfit eine Rolle, neben Gesicht und Figur.

Der erste Eindruck ist echt wichtig. Deswegen ist die Frage, was du anziehst, echt wichtig. Frag lieber kurz jemanden, wie er dein Outfit findet, bevor er es sieht, wenn du unsicher bist.

Zieh was an, in dem du dich wohlfühlst und was zu dir passt. Ab in deine Komfortzone! Verkleide dich nicht, sei authentisch. Wenn du dich wohlfühlst, strahlst du das aus und das kommt gut an.

Wenn du bisschen aus der Norm kommen willst, setz auf dezente Accessoires, aber übertreib es nicht. Nicht zu viel, nicht zu wenig, so der Plan. Schau, dass das Outfit zur Situation passt. Kein Anzug im Café, es sei denn, du trägst sowas immer.

Weniger ist mehr, aber nicht immer. Balance ist alles. No-Gos? Zu viel Schminke, Sportklamotten, Schlabberhose, schmutzige Schuhe, komische Farben, schmutzige Klamotten, weiße Socken zu schwarzen Schuhen, Zeug, in dem du dich nicht wohlfühlst, und Birkenstocks. Einfach nein.

Checkliste: Passt zum Anlass, hat das gewisse Etwas, passt zu dir, nicht übertrieben, nicht zu wenig, hat vielleicht schon jemandem gefallen, schafft die Balance zwischen "Lust auf mehr" und "Mauerblümchen", und du fühlst dich wohl.

Wenn du immer noch überfordert bist, schick und sportlich geht fast immer. Chic und sportlich zugleich, so im Zeitgeist. Lederjacke und Jeans, vielleicht? Aber klar, am Ende musst du fühlen, was zu dir passt. Viel Erfolg beim Outfit-Check!

3.8 Absagen des ersten Dates: So geht's richtig

Manchmal kann es passieren, dass das erste Date ins Wasser fällt. Gründe gibt es viele: Vielleicht traut man sich doch nicht, hat sich anders entschieden, oder es taucht plötzlich was Wichtiges auf.

Aber keine Zeit verlieren! Die Verabredung hat sich extra Zeit für dich genommen. Sobald du weißt, dass es nicht klappt, sag Bescheid. Das ist einfach höflich, und so kann der andere noch was anderes planen.

Wenn du nicht vorhast, dich unbeliebt zu machen, sag am besten persönlich ab. Eine Absage per WhatsApp oder ähnliches kommt schnell desinteressiert und unhöflich rüber. Wenn du die Person in nächster Zeit sowieso nicht siehst, dann rufe sie wenigstens an. Da kannst du die Situation erklären und zeigen, dass es dir leidtut, aber du schaffst es gerade nicht.

Keine Lust auf Spielchen! Spiel nicht vor, keine Zeit zu haben, wenn du eigentlich Zeit hast, nur um was zu erreichen. Manche machen das, um Macht zu zeigen oder sich "rar" zu machen. Lass das lieber sein, sonst merkt der andere früher oder später, was los ist. Das kann echt Vertrauen kaputtmachen, vor allem, wenn das öfter passiert.

Wenn du eine schlechte Nachricht bringst, häng eine gute dran. Geh vielleicht auf einen Vorschlag ein, den der andere gemacht hat, den du aber erstmal abgelehnt hast. So zeigst du, dass du trotzdem was Positives aus der Situation machen willst. Und vielleicht schlägst du was Besonderes vor, was dir vorher nicht eingefallen ist. Vielleicht sogar etwas, das dem anderen total gefällt.

Frag im gleichen Atemzug nach einem anderen Termin. Wenn du direkt zwei Termine vorschlägst, wird es einfacher für euch beide. Die Entscheidung dreht sich dann nur darum, wann ihr euch wiedersehen könnt, nicht ob. Das macht die Sache leichter.

3.9 Tipps vor dem ersten Date

Bevor das eigentliche Treffen losgeht, gibt es ein paar Tipps, die du beachten könntest. Schließlich weißt du zu diesem Zeitpunkt noch nicht viel über dein Date und welche kleinen Dinge ihm oder ihr wichtig sind. Also ist es ziemlich wichtig, dass du die meisten "Stolpersteine" vor dem Date beseitigst. Je geschickter du vorgehst, desto besser wird es laufen als geplant.

Check vorher nochmal eure Chats oder schau ins Onlineprofil deiner Verabredung. Versuch dir dabei ein paar kleine Details zu merken, um ein besseres Bild zu bekommen. Bist du auf alles vorbereitet? Weißt du, was für einen Musikgeschmack dein Date hat oder welche Hobbys? Solche Details können später helfen, besser auf bestimmte Situationen zu reagieren und das Gespräch in eine positive Richtung zu lenken. Wenn ihr zufällig dasselbe Hobby habt, wird es einfacher Gemeinsamkeiten zu finden.

Und vorher duschen ist eigentlich selbstverständlich, aber viele vergessen es öfter mal. Wenn es zeitlich klappt, gönn dir eine Dusche. Allein schon, weil du dich frisch und sauber fühlst, kommst du bei den meisten Leuten positiver und selbstbewusster rüber. Außerdem fühlt man sich nach einer Dusche oft vitaler. Das kann deine Verabredung bewusst oder unbewusst spüren. Und mal ehrlich, wie schnell kann ein guter Eindruck durch einen schlechten Geruch kaputtgehen?!

Ein oft übersehenes Thema, das viele Frauen schätzen und viele Männer vergessen, sind gepflegte Hände. Dazu gehören saubere und geschnittene Fingernägel. Wenn du dabei ziemlich ungeschickt bist, lass das ruhig für ein paar Euro von einem Profi bei einer Maniküre machen. Selbst wenn du nicht sicher bist, ob dein Date darauf achtet, punkt überall, wo es geht, in deine Richtung.

Denk an deinen Atem. Gerade wenn man sich näherkommt oder miteinander spricht, sollte der Atem frisch und angenehm sein. Wenn du vorher eine Weile nichts gegessen oder getrunken hast, können sich Bakterien bilden, die nicht so gut riechen. Kauf dir kurz vorher ein Kaugummi, wenn du keine Gelegenheit hattest, dir die Zähne zu putzen. So kannst du sicherstellen, dass der Atem für eine Weile frisch bleibt.

Rauchst du oder dampfst, und dein Date nicht, dann lass es während des Dates. Für viele Nichtraucher wirkt Rauchen eher unattraktiv. E-Zigaretten sind auch nicht unbedingt förderlich. Wenn du absolut nicht auf eine Zigarette verzichten kannst, dann erklär die Situation und geh nach draußen zum Rauchen. Nikotinatem lässt sich übrigens auch gut mit Kaugummi überdecken.

Sei selbstbewusst! Das wirkt zielstrebig und gewinnend. Ein gesundes Selbstbewusstsein verändert dein ganzes Auftreten zum Positiven. Auch dein Date wird das wahrnehmen und in den ersten Eindruck einfließen lassen. Wenn du denkst, dass du nicht selbstbewusst genug bist, üb ein paar Gesprächssituationen vorher, um sicherer zu werden.

Deine innere Einstellung ist genauso wichtig wie dein Äußeres. Versuch vor dem Date positiv drauf zu sein und gute Gedanken zu haben. Du könntest an eine coole Party oder ein schönes Erlebnis denken. Oder, um dich dauerhaft positiv zu stimmen, lächel jeden Morgen und vielleicht sogar jeden Abend eine Minute lang in den Spiegel. Versuch dabei an was Schönes zu denken. Du wirst merken, dass deine Grundeinstellung mit der Zeit positiver wird und du von allein lächelnd auf dein Date zugehen kannst.

Schraub deine Erwartungen etwas runter. Nur weil ihr euch trefft, heißt das nicht, dass ihr heiraten oder miteinander schlafen werdet. Klar ist man aufgeregt, aber versuch trotzdem, deine Erwartungen ein wenig zu dämpfen. Dann bist du nicht so schnell enttäuscht, wenn nicht alles so läuft, wie du es dir vorgestellt hast.

Und das perfekte erste Date? Gibt es nicht. Egal wie viel du planst oder liest. Du wirst nie alle Variablen beeinflussen können. Vergiss also die ganze Perfektionsgeschichte. Meistens klappt trotzdem irgendwas nicht, und dazu kommt noch der unnötige Druck, den du dir selbst machst. Lass die Verabredung einfach auf dich zukommen. Du bist schließlich nicht allein, und ihr werdet zusammen - bewusst oder unbewusst - die richtigen Entscheidungen treffen.

4 Showtime: Das erste Date in Aktion

Irgendwann steht dann der Tag an, an dem man sich trotz aller Vorbereitungen endlich trifft. Man kann sich noch so viele Gedanken darüber machen, wie man den Tag am besten gestaltet, aber irgendwann muss man einfach den Sprung ins kalte Wasser wagen. Und dazu kommt noch, dass man von Tag zu Tag aufgeregter wird und die Spannung steigt. Hat man wirklich an alles gedacht? Sollte man vielleicht das Outfit nochmal durchgehen? Gibt es vielleicht eine bessere Location? Die Antwort ist eigentlich ganz einfach: Lass es so, wie du es bis jetzt geplant hast. Ändere nichts, was nicht unbedingt sein muss. Schließlich hast du all die Entscheidungen, die du bis jetzt allein oder gemeinsam getroffen hast, bewusst gefällt. Du hast die beste Wahl getroffen, die du zu diesem Zeitpunkt treffen konntest. Freu dich also auf dein erstes Date und setz deine Pläne in die Tat um. Trotzdem gibt es ein paar Dinge, die du während des Dates im Hinterkopf behalten solltest. Die bringen dir zusätzliche Pluspunkte und lenken das erste Date in die richtige Richtung. Welche Möglichkeiten das sind, erfährst du im nächsten Kapitel.

4.1 Der entscheidende erste Eindruck

Der erste richtige Eindruck entsteht, sobald man sich gegenübersteht. Heutzutage entscheiden wir innerhalb von vier Sekunden bewusst oder unbewusst, ob uns jemand sympathisch ist oder nicht. Bis hierhin hast du alles getan, was in deiner Macht steht, um einen guten ersten Eindruck zu hinterlassen. Du hast über dein Styling nachgedacht, dir überlegt, was du schenken könntest, und den besten Ort für eure erste Verabredung ausgewählt. Dieser Eindruck wird jedoch auch stark von dem beeinflusst, was während des Dates passiert. Die nächsten Abschnitte sollen dir daher dabei helfen, den ersten Eindruck zu verbessern und positiv zu beeinflussen.

Die Begrüßung beim ersten Date spielt eine entscheidende Rolle, da sie oft den weiteren Verlauf des Abends beeinflussen kann. Wenn bei der Begrüßung etwas schief läuft, kann dies den gesamten Abend negativ beeinträchtigen. Daher sollte man bei der Begrüßung schon darauf achten, alles richtig zu machen.

Es kommt darauf an, wie du dich begrüßen möchtest. Deine Region, dein Alter und deine persönlichen Einstellungen spielen dabei eine Rolle. In Deutschland gibt es Regionen, die eher locker mit dem Thema umgehen, während andere noch viel Wert auf traditionelle Begrüßungsformen legen. Auch das Alter spielt eine Rolle, da jüngere Generationen oft offener sind. Überlege dir also gut, wie du die Begrüßung gestalten möchtest, um einen positiven Start in den Abend zu haben.

Die schlechteste Art, sich zu begrüßen, ist, gar nichts zu machen oder es auf ein einfaches "Hallo" zu beschränken. Das schafft von Anfang an eine gewisse Distanz und erschwert das Eisbrechen. Überlege also, wie du die Begrüßung gestalten möchtest, um den Abend positiv zu beginnen.

Ein traditioneller Handschlag ist eher förmlich und wird von vielen Menschen aus älteren Generationen bevorzugt. Allerdings ist er bei jüngeren Generationen nicht mehr so üblich. Überlege, ob ein Handschlag zu der lockeren Atmosphäre eines ersten Dates passt oder ob du nicht lieber herzlicher sein möchtest.

Auch wenn ihr euch die Hand gebt, ist der Blick in die Augen wichtig. Er zeigt Offenheit und Ehrlichkeit. Achte darauf, dass dein Lächeln echt wirkt und nicht aufgesetzt ist.

Eine Umarmung ist wesentlich üblicher und herzlicher als ein Handschlag. Gehe lächelnd und mit offenen Armen auf dein Date zu, um zu signalisieren, dass du bereit bist, es zu empfangen. Achte darauf, dass die Umarmung nicht zu lange dauert, um mögliche Missverständnisse zu vermeiden.

Anstelle der Umarmung kannst du auch ein herzliches Küsschen links und rechts zur Begrüßung geben. Sei vorsichtig dabei, denn nicht jeder mag diese Form der Begrüßung. Spüre die Situation ab und achte darauf, ob beide damit einverstanden sind.

Wenn du unsicher bist, wie du dich begrüßen sollst, warte einfach ab, wie das Gegenüber reagiert, und mach es nach. Das gibt dir Sicherheit und ermöglicht es dem anderen, die Führung zu übernehmen.

Nach der Begrüßung ist es wichtig, einen geeigneten Übergang zu finden, um die Dynamik aufrechtzuerhalten. Ein einfaches "Wie geht's dir?" oder "Wie war deine Fahrt hierhin?" bietet einen soliden Start für das Gespräch. Hier sind einige Beispiele für die ersten Worte:

- "Hi, ich bin..."
- "Passendes Wetter für unser erstes Date, oder?"
- "Bist du häufiger hier?"
- "Ich mag die Atmosphäre hier sehr gerne"
- "Meine Güte, bin ich aufgeregt"

Sei offen und ehrlich, wenn du nervös bist. Das wirkt sympathisch und authentisch. In den meisten Fällen fühlt sich das Gegenüber ähnlich.

Wenn du befürchtest, dass dir die Worte fehlen könnten, kannst du dir einen kleinen Spickzettel machen. Schreibe dir ein paar Stichpunkte in dein Smartphone, das du kurz vor dem physischen Kontakt überprüfen kannst.

4.2 Bedeutung der Körpersprache

Neben der inneren Einstellung spielt auch die äußere Körperhaltung eine große Rolle beim ersten Date. Eine schlechte Körperhaltung oder krummes Sitzen können oft signalisieren, dass man nicht fest im Leben steht und wenig Selbstbewusstsein hat. Das ist natürlich nicht das Bild, das man bei seiner Verabredung vermitteln möchte. Deshalb ist es wichtig, bewusst auf die Körpersprache zu achten.

Zur Körpersprache gehört eine aufrechte Haltung, sowohl beim Sitzen als auch beim Stehen. Die Schultern sollten zurück sein, die Brust herausgestreckt, aber natürlich in einem angemessenen Maß, um nicht unnatürlich zu wirken. Regelmäßiges Training für Rücken, Brust- und Schultermuskulatur trägt automatisch zu einer guten Haltung bei.

Eine aufrechte Haltung strahlt Selbstbewusstsein und Zielstrebigkeit aus, was oft als attraktiv empfunden wird. Versuche diese Haltung nicht nur bei Verabredungen beizubehalten, sondern auch im Alltag. Das kann sich positiv auf Beruf, Freundschaften und Beziehungen auswirken, bewusst oder unbewusst.

Blicke deinem Gegenüber nicht nur bei der Begrüßung, sondern während des gesamten Dates in die Augen. Blickkontakt zeigt Offenheit und Interesse, aber es ist wichtig, einen normalen Augenkontakt zu halten und nicht zu starren oder den Blick zu meiden. Ein natürlicher Blickkontakt ist entscheidend.

Achte darauf, ruhig und gelassen zu sprechen. Das wirkt souverän und authentisch. Deine Stimme kann die Stimmung maßgeblich beeinflussen. Schnelles und hektisches Sprechen kann den Eindruck einer hektischen Atmosphäre vermitteln, während ruhiges und gelassenes Sprechen oft den Eindruck einer entspannten Persönlichkeit hinterlässt. Finde ein gesundes Mittelmaß, um einen angemessenen Ton zu treffen.

Berührungen sind normalerweise beim ersten Date in Maßen okay. Eine kurze Berührung am Arm oder Unterarm ist oft in Ordnung, besonders wenn es bereits eine Begrüßungsberührung gab. Berührungen schaffen oft zusätzliches Vertrauen, aber es ist wichtig sicherzustellen, dass beide sich damit wohl fühlen und es nicht zu aufdringlich wirkt. Auch bei der Verabschiedung sind Berührungen üblich.

4.3 Tipps während des ersten Dates

Ergänzend will ich dir noch ein paar Tipps mitgeben, die du während des ersten Dates im Hinterkopf behalten kannst. Diese Ratschläge können wirklich dazu beitragen, dass du für dein Date sympathischer wirkst und somit die Chancen auf ein zweites oder drittes Date erhöhst.

Hörerrückmeldungen: Versuch einfach, einen Dialog zu führen, bei dem beide Seiten berücksichtigt werden. Zeig Interesse an dem, was dein Date erzählt, und reagiere darauf. Es kommt nicht gut an, wenn du nicht auf das Gesagte eingehst. Versuch eine ausgewogene Unterhaltung zu führen, bei der beide Seiten gleichermaßen einbezogen werden.

Geduldig sein und nicht ins Wort fallen: Wenn dein Date spricht, lass ihn/sie einfach ausreden und hör geduldig zu. Das wirkt nicht nur höflich, sondern schafft auch eine entspannte Atmosphäre. Geduld und Gelassenheit tragen oft zu einer angenehmen Stimmung bei.

Lächeln: Ein Lächeln kann Wunder wirken, besonders wenn du normalerweise nicht so der Dauergrinser bist. Es hat eine positive Wirkung auf die Stimmung während des Gesprächs. Das bedeutet nicht, dass du die ganze Zeit wie ein Honigkuchenpferd grinsen musst, sondern einfach positiv eingestellt sein solltest. Ein authentisches Lächeln wirkt am besten.

Den Namen nennen: Es schadet nicht, ab und zu den Namen deines Dates zu verwenden. Die meisten Leute hören gerne ihren Namen. Übertreib es aber nicht und wiederhole den Namen nicht in jedem Satz. Nutz die Gelegenheit, den Namen in bestimmten Situationen zu nennen, um Pluspunkte zu sammeln.

Gefühle zeigen: Sei ruhig offen und ehrlich über deine Gefühle. Das macht dich authentisch und sympathisch. Egal, ob du ein Mann oder eine Frau bist, das Zeigen von Gefühlen wirkt oft ehrlich und aufrichtig.

Offen und neugierig sein: Zeig, dass du dich für das Leben deines Dates interessierst und nicht nur von dir selbst sprichst. Das macht dich sympathisch und wird positiv wahrgenommen. Sei dabei authentisch und ehrlich interessiert, denn gefaktes Interesse merkt man meistens sofort.

Meinungsverschiedenheit: Wenn ihr unterschiedliche Meinungen habt, sei offen für andere Ansichten. Du musst nicht stur auf deiner Meinung beharren. Versuch, beide Seiten zu betrachten und entwickle gemeinsam Lösungen. Jede Ansicht hat ihre Stärken und Schwächen.

Nicht das gesamte Schießpulver verschießen: Verzichte darauf, beim ersten Treffen gleich alles von dir preiszugeben. Wenn du zu viel auf einmal erzählst, bleibt wenig Stoff für weitere Dates übrig. Vertiefe lieber das aktuelle Thema, um weniger oberflächlich zu wirken.

Zeit lassen den anderen kennenzulernen: Nimm dir die Zeit, die ihr braucht, um euch kennenzulernen. Höre aufmerksam zu, sei geduldig und lass dein Date ausreden. Vermeide es, persönlich unter Zeitdruck zu stehen. Bring genug Zeit mit, um euch zu unterhalten, ohne auf die Uhr zu schauen. Das zeigt wahres Interesse und dass es für dich in diesem Moment nichts Wichtigeres gibt.

4.4 Spannende Gesprächsthemen für das erste Date

Viele Leute wissen oft nicht, über was sie beim ersten Date reden sollen. Und irgendwie herrscht immer diese allgemeine Angst vor peinlichen Gesprächspausen. Aber keine Sorge, beim ersten Date sind neutralere Gesprächsthemen am besten. Ihr könnt über die Familie, den Job, Vorlieben, Hobbys, Reisen oder auch aktuelle Ereignisse plaudern. Das hilft dabei, den Menschen Gegenüber besser kennenzulernen, und ihr müsst euch nicht in der Situation wiederfinden, nicht zu wissen, was ihr sagen sollt. Wenn doch mal eine unangenehme Schweigeminute entsteht, könnt ihr den anderen einfach danach fragen, was ihn oder sie wirklich glücklich macht. Das eröffnet schnell neue Gesprächsthemen.

Aber auch andere Themen eignen sich gut für den Gesprächsaufbau:
Alltag: Um locker zu werden, könnt ihr zum Beispiel Anekdoten aus dem Alltag erzählen. Teilt witzige oder peinliche Geschichten von früher. Selbstironie kann dabei sympathisch wirken, aber übertreibt es nicht – weniger ist oft mehr. Ihr könnt auch über lustige Erlebnisse von Freunden, der Schule oder Uni plaudern, um einen Eindruck voneinander zu bekommen.

Spannende Themen: Vermeidet es, das Date in ein Bewerbungsgespräch zu verwandeln. Stellt keine Fragen wie "Wo siehst du dich in fünf Jahren?" oder "Warum sollte ich dich nochmal treffen?". Findet lieber spannende Themen, die euch beide interessieren. Wenn ihr beispielsweise wisst, dass er Motorräder mag, redet darüber und schlagt vor, zusammen eine Fahrt zu machen. Entdeckt Gemeinsamkeiten, die euch interessanter machen.

Gemeinsamkeiten entdecken: Gemeinsamkeiten sind super, um das Eis zu brechen. Wenn ihr herausfindet, dass ihr beide als Kinder

Klavier gespielt habt, habt ihr schon eine gute Basis. Achtet darauf, aufmerksam zuzuhören und vertieft gemeinsame Interessen, sobald ihr sie entdeckt.

Dinge, die glücklich machen: Fragt, was den anderen glücklich macht. Das hebt die Stimmung automatisch, wenn euer Date darüber spricht. Positive Themen können so einen Wechsel von einer trüben zu einer positiven Stimmung herbeiführen.

Geschwister, Beruf, Ausbildung: Wenn euch nichts mehr einfällt, könnt ihr über Geschwister, den Beruf oder die Ausbildung sprechen. Es bietet sich an, über alltägliche Dinge zu plaudern, ohne dabei zu tief einzusteigen. Lasst euch Zeit und geht behutsam vor.

Träume und Visionen: Träume und Visionen können in einem späteren Stadium des Gesprächs interessant sein. Zeigt, dass ihr nicht nur im Hier und Jetzt lebt, sondern auch Pläne und Ziele für die Zukunft habt. Aber achtet darauf, das Thema nicht zu früh anzuschneiden.

Zukunftspläne: Sprecht darüber, wo ihr euch in einigen Jahren seht. Interessiert euch für die Zukunftsvorstellungen des anderen. Männer finden das Thema oft interessanter als Frauen, also haltet es leicht und lasst euch Zeit.

Musik, Bücher, Filme: Fragt nach Lieblingsmusik, Lieblingssong oder aktuellen Büchern und Filmen. Hier könnt ihr schnell Gemeinsamkeiten finden und sogar Pläne für das nächste Date schmieden, zum Beispiel gemeinsam ins Kino gehen.

Aktuelles und Philosophieren: Das aktuelle Zeitgeschehen bietet Gesprächsstoff, aber achtet darauf, nicht zu sehr ins Negative abzudriften. Wenn der Abend fortschreitet, könnt ihr auch philosophische Fragen stellen. "Was ist der Sinn des Lebens?" oder

"Was ist Liebe?" können zu interessanten Diskussionen führen.

Freunde und Vorstellungen von einer Partnerschaft: Erzählt über eure Freunde oder fragt nach den Vorstellungen des anderen von einer Partnerschaft. Das gibt Einblick in die Persönlichkeit und kann eventuelle Diskrepanzen frühzeitig aufzeigen.

Peinliche oder lustige Situationen: Um die Stimmung aufzulockern, könnt ihr euch über peinliche oder lustige Erlebnisse austauschen. Teilt eure Geschichten und bringt so das Date zum Lachen.

Denkt daran, dass ein Date vor allem Spaß machen soll. Seid authentisch, interessiert euch für den anderen und bleibt entspannt.

4.5 Kreative Fragen gegen peinliches Schweigen

Manchmal kommt man an den Punkt, wo keiner so richtig weiß, über was man noch reden soll. Das endet dann oft in so einer kurzen, aber unangenehmen Schweigeminute. Wenn du da nicht aushalten kannst, kannst du schnell mit interessanten Fragen umschwenken, um einen neuen Gesprächsfaden zu finden. Deshalb hab ich hier mal ein paar Fragen, die sich je nach Situation anpassen lassen und dir helfen können, das Schweigen zu durchbrechen:

- Auf welches Essen könntest du absolut nicht verzichten?
- Wo würdest du am liebsten leben?
- Welches Lied hörst du am liebsten oder kannst du einfach nicht oft genug hören?
- Stell dir vor, da steht eine Wunderlampe auf dem Tisch. Was würdest du dir wünschen?
- Hast du zum Beispiel schon mal Basketball gespielt, wie es in deinem Profil steht?
- Was war das Peinlichste, was dir in letzter Zeit passiert ist?

- Was würdest du machen, wenn du 100 Millionen Euro im Lotto gewinnst?
- Ist dir in letzter Zeit was richtig Lustiges passiert?
- Welches Haustier willst du später mal haben?
- Was ist dein Lieblingstier?
- Was ist dir bei Männern besonders wichtig?
- Worauf achtest du bei Frauen besonders?
- Wie sollte dein Traummann/deine Traumfrau sein?
- Wenn du ein Tier sein könntest, welches wärst du gern?
- Mit welcher Person würdest du sofort tauschen, egal wann und zu welcher Zeit sie gelebt hat?
- Warum hast du dich für deinen Studiengang entschieden?
- Gibt es Früchte, die du besonders gern isst?
- Hast du ein großes Ziel im Leben, das du unbedingt erreichen willst?
- Wann ist für dich ein Tag ein guter Tag?
- Wie sieht dein perfekter Tag aus?
- Was würdest du gern mal machen, was du bisher noch nicht gemacht hast?
- Wie würde unser Tag aussehen, wenn wir ein altes 70-jähriges Ehepaar wären?
- In welchen Ländern warst du schon im Urlaub?
- Wo war dein schönster Urlaub?
- Wohin würden wir heute noch fliegen, wenn einer von uns einen Privatjet hätte? (zwinker, zwinker)
- Woher hast du die süßen Grübchen bzw. die süßen Sommersprossen?
- Was macht dich anders als deine Schwester/deinen Bruder?
- Gibt es ein Thema, worüber du stundenlang quatschen könntest?
- Worauf kann man sich bei dir zu 100% verlassen?
- Gibt es etwas, gegen das du am liebsten etwas unternehmen würdest?

- Was machst du nach Feierabend am liebsten?
- Bei welcher Tätigkeit vergisst du die Zeit
- vollständig?
- Wie bist du überhaupt auf mich aufmerksam geworden?
- Was hat dir an mir besonders gefallen, als du mich das erste Mal gesehen hast?
- Gibt es etwas, wovor du dich als Kind am meisten gefürchtet hast?
- Warum hast du genau diesen Job gewählt?
- Gibt es jemanden, den du gerne mal als Gast einladen würdest – egal wer auf der Welt?
- Wärst du gerne berühmt? Und wenn ja, wodurch?
- Singst du gerne unter der Dusche?
- Stell dir vor, du wärst 90 Jahre alt und könntest entweder den Körper oder den Verstand eines 40-Jährigen behalten – was würdest du wählen?
- Wofür bist du am meisten in deinem Leben dankbar?
- Stell dir vor, du könntest etwas daran ändern, wie du aufgewachsen bist - was wäre das?
- Nenne mir fünf Dinge, auf die du besonders stolz bist.
- Wenn du dir eine Fähigkeit oder Eigenschaft wünschen könntest, mit der du morgens aufwachst, welche wäre das?
- Wenn es eine Wahrsagerin gäbe, die dir die Wahrheit sagt, würdest du hingehen? Und wenn ja, was würdest du wissen wollen?
- Was ist dein größter Traum, und wie willst du ihn erreichen?
- Was ist dir bei Freundschaften besonders wichtig?
- Woran erinnerst du dich am liebsten?
- Stell dir vor, dir sagt jemand, dass du in einem Jahr stirbst. Was würdest du an deinem Leben ändern?
- Lass uns abwechselnd fünf positive Eigenschaften nennen, die wir aneinander mögen.
- Glaubst du, deine Kindheit war glücklicher als die der meisten anderen? Und wenn ja, warum?

- Was machst du am liebsten, wenn du Zeit dafür hast?
- Über welche Dinge kannst du besonders laut lachen?
- Was ist dein Lieblingsfilm bzw. deine Lieblingsserie und warum?
- Wer ist dein Lieblingsschauspieler?
- Was ist deine Lieblingsband?
- Wie sollen dich die Menschen später einmal in Erinnerung behalten?
- Was war bislang dein schönster Tag im Leben?
- Was magst du an dir besonders bzw. worauf bist du besonders stolz?
- Wenn ich drei deiner besten Freunde fragen würde, was würden die über dich erzählen?
- Was würdest du tun, wenn du niemals mehr arbeiten müsstest?

Klar, nach diesen Fragen könnt ihr immer noch mehr ins Detail gehen und das Gespräch erweitern. Aber damit habt ihr auf jeden Fall eine gute Grundlage für eine ausführliche Unterhaltung. Viel Spaß!

4.6 Küssen beim ersten Date: Ja oder Nein?

Laut einer Umfrage von einer DatingApp finden 69 Prozent der Männer und 57 Prozent der Frauen das Küssen beim ersten Date total okay. Dennoch gibt es einige Richtlinien, die zu beachten sind, um nicht in unangenehme Situationen zu geraten. Im Folgenden findest du einige empfohlene Verhaltensweisen und Dinge, die vermieden werden sollten, wenn es um den ersten Kuss geht:

- **Lieber zurückhaltend sein:** Beim Küssen ist es besser, etwas vorsichtiger zu sein, als zu schnell loszulegen. Man will ja nicht den Eindruck erwecken, dass man nur auf das Eine aus ist, oder? Wenn du unsicher bist, dann halt dich lieber erstmal zurück. Schlecht gewählte Zeitpunkte können das ganze Date beeinflussen, und wer will schon einen schlechten Eindruck machen?

- **Frauen können sich Zeit lassen:** Manchmal wird Frauen noch immer schnell ein Stempel aufgedrückt, wenn sie sexuell aktiv sind. Es kann besser sein, sich Zeit zu lassen und den Kerl ein bisschen zappeln zu lassen. Das weckt den Jagdinstinkt und lässt ihn dich erobern. Viele langfristige Beziehungen hatten ihren ersten Kuss erst beim zweiten oder dritten Date. Also, gönn dir Zeit, wenn du nicht gleich beim ersten Date küssen willst. Wirst es nicht bereuen.
- **Auf das Bauchgefühl hören:** Vertrau auf dein Bauchgefühl. Je länger das erste Date dauert, desto besser kannst du einschätzen, ob die Chemie stimmt. Wenn das Bauchgefühl nicht mitspielt oder sogar sagt, dass die Situation nicht passt, dann lass es lieber sein. Das Bauchgefühl hat oft recht.
- **Zaghafte Annäherung:** Der erste Kuss sollte vorsichtig und zärtlich sein. Eine zaghafte Annäherung ist immer besser als ein stürmisches Vorgehen. Zum Beispiel beim Abschied oder wenn ihr gerade gemütlich zusammen sitzt. Es gibt kein festes Rezept. Der Kuss ergibt sich aus der Situation. Die Vorsicht ermöglicht es dem anderen auch, sich besser auf die Situation einzustellen.
- **Zweites Mal küssen, wenn das erste Mal gut war:** Wenn der erste Kuss beim ersten Date gut war, ist es meistens kein Problem, den anderen nochmal am selben Abend zu küssen. Im Gegenteil, es zeigt Selbstbewusstsein. Solange beiden der Kuss gefällt, spricht nichts gegen einen zweiten Kuss.
- **Die richtige Situation:** Die Situation muss stimmen. Wenn ihr gerade in einem Gespräch seid und es nicht danach aussieht, dass ein Kuss passieren könnte, dann halt dich lieber zurück. Das betrifft sowohl die Gesprächssituation als auch den Ort an sich. Vertrau auch hier auf dein Bauchgefühl.
- **Kein Überfall:** Vermeide es, über jemanden herzufallen. Selbst wenn die Situation eigentlich gut ist, kann ein Überfall alles kaputt machen. Gerade beim ersten Date sollte die Entscheidung zu küssen behutsam und vorsichtig sein. Ein behutsames Annähern ist oft viel schöner, oder?

- **Der perfekte Kuss:** Es gibt keinen "perfekten ersten Kuss". Das gibt es höchstens in Filmen und Serien. Vergiss die Vorstellung davon. Die meisten Paare berichten, dass der erste Kuss ziemlich unspektakulär war und manchmal sogar lustig. Bleib entspannt und sei du selbst. Selbst wenn du den ersten Kuss planst, bleib locker, unverkrampft und möglichst natürlich.
- Zweites Mal küssen nach der ersten Abfuhr: Wenn du beim ersten Kussversuch einen Korb bekommen hast, versuch es nicht direkt nochmal am selben Tag. Die erste Abfuhr hatte wahrscheinlich ihre Gründe. Ein zweiter Versuch ist erst sinnvoll, wenn ein paar weitere Treffen vergangen sind. Das gibt der Situation Zeit, sich zu beruhigen, und ihr könnt von vorne starten.
- *"Ich liebe dich"* **am Ende: Zu guter Letzt noch etwas, das oft passiert und schon viele erste Dates ruiniert hat:** Küssen beim ersten Date, und dann kommt der Satz "Ich liebe dich". Es ist schwierig. Selbst wenn es ernst gemeint ist und starke Gefühle da sind, kann das schnell zu früh kommen. Die meisten finden diesen Satz in diesem Stadium zu früh. Also, halt dich lieber zurück und spar dir die Botschaft für einen passenderen Moment auf. Einen Moment, wenn ihr euch besser kennt und öfter getroffen habt. Aber für das erste Date sollte dieser Satz auf jeden Fall vermieden werden.

4.7 Sex beim ersten Date: Eine Option?

Also, Sex beim ersten Date kann so seine Vor- und Nachteile haben. Viele Frauen denken, dass der Typ dann schon früh das bekommt, was er eigentlich will, und danach keine Lust mehr auf ein zweites oder drittes Date hat. Sie denken auch, dass sie sich damit eine Beziehung verbauen. Kann schon passieren, muss aber nicht. Denn die Männer, die nur auf Sex aus sind, lassen sich auch nicht von einer Frau zu einer Beziehung überreden, nur weil sie länger gewartet hat.

Aber es gibt auch Männer, für die Sex vielleicht nicht das A und O ist.

Sie denken dann, wenn die Frau sich ein bisschen zurückhält, dass sie was haben könnten, was den meisten anderen Männern verwehrt bleibt. Das weckt so ein Jagdinstinkt bei den Männern. Mit der Zeit kann das noch mehr werden. Aber klar, man muss aufpassen, dass man nicht übertreibt mit dem "zappeln lassen". Irgendwann kann das Interesse dann auch mal nachlassen.

Für das erste Date gilt: Wer eine langfristige Beziehung im Blick hat, sollte vielleicht noch ein bisschen mit dem Sex warten. Wer aber nicht direkt in einer Beziehung landen will, kann seiner Lust ruhig nachgeben, wenn die Gelegenheit passt. Du weißt schon, mach, wie es für dich passt.

4.8 Fehler, die beim ersten Date vermieden werden sollten

Es gibt so eine Menge von Fehlern, die man beim ersten Date machen kann. Damit du nicht in die Fettnäpfchen trittst, hab ich mal die häufigsten für dich aufgelistet. Hier ist so eine Art No-Go-Liste mit Dingen, die du auf jeden Fall vermeiden solltest.

Also, erstmal, nur Fragen stellen ist auch nicht so der Bringer. Klar, man will den anderen kennenlernen, aber das sollte nicht wie ein Bewerbungsgespräch rüberkommen. Stell Fragen, aber nicht im Übermaß, sonst wird es schnell nervig.

Genauso doof ist es, gar keine Fragen zu stellen. Dein Date denkt dann vielleicht, du hast null Interesse. Also, finde ein gesundes Maß, um zu zeigen, dass du wirklich an der Person interessiert bist, ohne zu nerven.

Und bloß nicht gleich am Anfang über gemeinsame Zukunftspläne sprechen, so wie zusammenziehen oder Kinderkriegen. Das ist einfach zu früh und kann den anderen total überfordern. Lass das Thema lieber für später.

Früh von Gefühlen zu reden ist auch so ein Klassiker. Ein "Ich liebe dich" beim ersten Date ist echt zu viel des Guten. Selbst wenn du echte Gefühle hast, behalt das lieber für später auf. Es gibt noch genug Gelegenheiten, das rauszulassen.

Und dann, Augenkontakt ist gut, aber bitte nicht übertreiben. Nicht zu wenig, aber auch nicht zu viel. Ein gesundes Mittelmaß, damit du nicht creepy wirkst.

Nur über den Job zu reden, ist auch nicht so cool. Klar, es ist wichtig, aber wenn das das einzige Thema ist, denkt der andere, dass du keinen Platz für andere Dinge im Leben hast. Mach den Job nicht zum Hauptthema.

Vorformulierte Witze sind so ein Ding. Besser spontan sein und nicht mit vorbereiteten Witzen um dich werfen. Die können nämlich schnell nach hinten losgehen.

Angeberei ist auch so eine Sache. Zeig ruhig, was du drauf hast, aber übertreib es nicht. Bescheidenheit kommt oft besser an.

Nur von sich selber reden ist auch so ein Fehler. Klar, Selbstbewusstsein ist gut, aber zeig auch Interesse am anderen. Redet beide in einem gesunden Verhältnis über euch.

Zum Thema Küssen: Wenn es passt, warum nicht. Aber überfall den anderen nicht damit, vor allem, wenn die Situation es nicht hergibt. Das kann echt unangenehm werden.

Gelangweiltes Gähnen ist auch nicht gut. Wenn du müde bist, entschuldig dich lieber und erklär warum. Aber wenn es geht, vermeide das Gähnen.

Über Kinder nur zu reden, ist auch nicht so der Hit. Das vermittelt schnell, dass du schon bereit für Kinder bist, und das ist vielleicht zu früh. Auch hier, wenn es passt, dann okay, aber nicht übertreiben.

Über das finanzielle Verhältnis des anderen zu sprechen, ist in Deutschland nicht so üblich. Fragen wie "Wie viel verdienst du?" gehen meistens zu weit. Lass das lieber für später, wenn ihr euch besser kennt.

Telefonieren oder ständig am Smartphone rumzuspielen, ist auch ein No-Go. Das zeigt Desinteresse. Wenn du wirklich telefonieren musst, entschuldige dich und erkläre, warum. Aber am besten wäre, das Ding mal auszuschalten.

Schlechte Manieren sind natürlich immer schlecht. Auch wenn das normalerweise klar sein sollte, schlechte Manieren gehören zu den häufigsten Fehlern. Wenn du die Basics beherrschst, wirkst du gleich viel angenehmer.

Wenn du auf heißen Kohlen sitzt, weil du danach noch einen Termin hast, ist das nicht so cool. Nimm dir lieber den ganzen Abend frei und sei offen für alles. Das wirkt entspannter.

Vor dem Date nicht duschen zu gehen, ist einfach ein No-Go. Nichts ist unangenehmer, als wenn man schon bei der Begrüßung merkt, dass der andere nicht viel Wert auf Hygiene legt.

Anderen hinterherschauen ist auch ein echter Fehler. Konzentrier dich auf dein Date und zeig, dass du den Abend wirklich nur für die reserviert hast.

Den falschen Namen aussprechen geht gar nicht. Merk dir den Namen deines Dates gut und verwechsel ihn nicht. Das wirkt sonst schnell so, als hättest du jemand anderen im Kopf.

Freunde zum ersten Date mitzubringen, ist auch nicht so cool, es sei denn, es wurde vorher abgesprochen. Das kann schnell für Unwohlsein sorgen und wirkt komisch. Lieber zu zweit sein.

Wenn du keine Ahnung von einem Thema hast, gib das ruhig zu. Besser als so zu tun, als würdest du dich auskennen. Ehrlichkeit kommt meistens besser an.

No-Go-Themen sind auch wichtig. Über Vorlieben beim Sex, gescheiterte Diäten, Shopping mit der besten Freundin, den Tod, Krankheiten, Ängste, Allergien oder Ex-Partner sollte man beim ersten Date besser nicht sprechen. Das kann die Stimmung schnell negativ beeinflussen.

So, das war eine Menge, aber hoffentlich hilft es dir, die häufigsten Fehler beim ersten Date zu vermeiden! Viel Erfolg!

4.9 Verschiedene Wege, das Date zu beenden

Manchmal merkt man halt, dass die Person, mit der man sich verabredet hat, irgendwie nicht so richtig passt, wie man es sich vorgestellt hat. Und dann fragt man sich, wie man da möglichst schnell rauskommt, ohne **unhöflich** zu sein.

Einfach gehen..

Die einfachste, aber echt mieseste Möglichkeit ist einfach zu gehen, so nach dem Motto: "Ich geh mal kurz auf die Toilette", und dann einfach abzuhauen. Das ist echt nicht fair und die andere Person wird sich total verwirrt und verletzt fühlen. Die weiß ja nicht mal, warum du plötzlich weg bist. In den meisten Fällen wird sie sich dann bei dir melden und nachfragen, oder der Kontakt ist einfach komplett vorbei. Das ist wirklich die respektloseste Variante.

Ausreden erfinden...

Eine etwas "elegantere" Methode ist, eine Ausrede zu erfinden. Da kommt dann die Kreativität ins Spiel. Du könntest einen Freund oder eine Freundin bitten, dich anzurufen und eine Notlage vorzutäuschen, wie zum Beispiel "Das Baby ist da" oder "Ich hab Streit mit meinem Freund". Das ist zwar etwas besser als einfach abzuhauen, aber auch nicht gerade die feine Art. Irgendwann kommt die Wahrheit sowieso raus, spätestens beim nächsten Treffen. Da wird dann gefragt, wie die Geburt war, oder ob man sich nicht nochmal sehen sollte.

Ehrlich sein...

Die aufrichtigste Methode ist einfach, ehrlich zu sein. Klar, das ist nicht immer leicht, aber es zeigt Respekt. Die andere Person weiß dann wenigstens, woran sie ist, und kann sich schneller neu orientieren. Sei einfach ehrlich, aber vielleicht nicht gleich mit der Tür ins Haus fallen. Wenn du den anderen zum Beispiel einfach langweilig findest, könntest du sagen, dass die Chemie zwischen euch nicht so stimmt oder dass es bei dir einfach nicht "gefunkt" hat. Das klingt besser als zu sagen: "Du langweilst mich, deshalb breche ich das Date ab."

4.10 Der Abschluss des Abends: Wer zahlt? Die Verabschiedung.

Irgendwann ist der Moment da, wo auch das tollste Date zu Ende geht. Aber auch hier gibt es ein paar Dinge zu klären, damit man nicht in ein Fettnäpfchen tritt. Deshalb gibt es hier die häufigsten Stolperfallen und wie man die am geschicktesten umgeht.

Wer zahlt? Nachdem das Essen geschmeckt hat und die Unterhaltung super lief, stellt sich die Frage: Wer zahlt jetzt? Manchmal ist das echt knifflig. Laut Umfragen denken 29 Prozent der Frauen, der Mann sollte zahlen. Der Rest zahlt lieber jeder für sich. Klar kann auch der Mann gleich zahlen, wenn er das so sieht. Oder man sagt gleich der Bedienung Bescheid, dass man die Rechnung übernimmt. Dann könnte die Frau sagen: "Danke, das nächste Essen geht auf mich!" So ist auch gleich klar, wer beim nächsten Mal dran ist.

Aber viele finden das nicht zu 100% cool. Am einfachsten ist es wohl, wenn man das Thema einfach offen anspricht. Wenn der Kellner kommt, fragst du deinen Date-Partner: "Wie machen wir das mit der Rechnung?" Dann müssen beide eine Lösung überlegen und es wird nicht einfach angenommen, dass der Mann zahlt. Eine Option wäre, die Rechnung zu teilen. Aber sei dabei nicht kleinlich und rechne nicht jeden einzelnen Euro auf. Besser einfach den Gesamtbetrag durch zwei teilen.

Wenn du keine Lust auf Diskussionen und geteilte Rechnungen hast, kannst du die Verabredung vorher einfach offiziell zum Essen einladen. So weiß jeder, wie die Sache läuft, und keiner muss sich Gedanken ums Zahlen machen. Egal wie du dich entscheidest, sei am Ende nicht knauserig mit dem Trinkgeld. Damit kannst du dir schnell den Ruf als Geizhals einhandeln.

Zu ihm oder zu ihr? Wenn das Date so super war, dass du überlegst, ob du zu ihm oder zu ihr sollst, dann entscheide dich für das, was sich für dich sicherer anfühlt. Wenn du zu deinem Date-Partner gehst, kannst du jederzeit gehen, wenn es nicht passt. Wenn du ihn oder sie zu dir einlädst, musst du im schlimmsten Fall eine Ausrede finden, damit er oder sie wieder geht. Das kann manchmal echt tricky sein. Wenn du unsicher bist, frag einfach, was er oder sie lieber mag.

Nächstes Date vereinbaren: Wenn das erste Date toll war und du ein gutes Gefühl hast, verpasse nicht die Chance, nach einem nächsten Date zu fragen. Das rundet das Date schön ab und gibt Hoffnung auf eine Wiederholung. Du könntest sagen, dass dir der Abend richtig gut gefallen hat und du Lust hast, den- oder diejenige wiederzusehen. Das wirkt nicht nur selbstbewusst, sondern schmeichelt auch dem anderen. Eine einfache und effektive Frage wäre auch: "Was machen wir eigentlich beim nächsten Mal?" Das wirkt selbstbewusst und zielstrebig. Natürlich immer situativ angepasst. Wenn das Date allerdings eine Katastrophe war und du den anderen nicht wiedersehen willst, dann musst du das aus Höflichkeit nicht unbedingt fragen. Bleib möglichst immer ehrlich und aufrichtig.

Die Verabschiedung. Nachdem ihr dann einen Termin fürs nächste Date ausgemacht habt, kommt die Verabschiedung. Aber wie sagt man am besten Tschüss? **Eigentlich ganz einfach:** Verabschiede dich so, wie ihr euch begrüßt habt. Mit einer herzlichen Umarmung oder einem Küsschen links und einem Küsschen rechts. Wenn die Begrüßung am Anfang förmlich mit Handschlag war, könntest du jetzt auch einen Schritt weiter gehen und den- oder diejenige entschlossen in die Arme nehmen. Das rundet das erfolgreiche Date nochmal richtig ab.

5 Nach dem ersten Date – Die nächsten Schritte

Der Abend ist vorbei, und beide sind jetzt auf dem Heimweg. Aber wie geht es jetzt weiter? Was sind die nächsten Schritte, wenn ihr euch bei der Verabschiedung nicht direkt auf ein zweites Date festgelegt habt? Um dir dabei zu helfen, gebe ich dir hier ein paar Tipps.

5.1 Gelassenheit bewahren

Das Wichtigste ist, erstmal cool zu bleiben. Das erste Date ist wahrscheinlich gut gelaufen, sonst würdest du dir nicht so viele Gedanken über die Person machen. Selbst wenn es nicht perfekt lief oder nicht so, wie du es dir vorgestellt hast, ist das noch lange kein Grund, den Kopf in den Sand zu stecken. Bleib ruhig, geh das ganze Date nochmal in Gedanken durch, überleg, was gut lief und was vielleicht nicht so toll war. Das hilft dir, wichtige Erkenntnisse für die Zukunft zu gewinnen. So lernst du am besten aus Fehlern und weißt beim nächsten Mal, was du besser machen könntest.

5.2 Melden oder nicht melden?

Wenn du dir Gedanken gemacht hast, bleib dran. Vielleicht schreibst du eine kurze Nachricht wie "Danke für den schönen Abend mit dir" per WhatsApp. Sei dabei aber nicht zu aufdringlich, halte das Ganze in Grenzen. Auch wenn er oder sie nicht sofort antwortet, warte ab. Manchmal braucht es Zeit, um darüber nachzudenken, was man eigentlich will. Vermeide aber aufdringlich zu sein oder zu nerven. Weniger ist oft mehr, wenn du dranbleibst. Nur gar nichts zu schreiben wäre auch nicht cool. In späteren Nachrichten könntest du zum Beispiel sagen, dass du gerade an ihn oder sie gedacht hast. So nach dem Motto "Ich musste gerade an dich denken."

5.3 Verzicht auf taktische Spielchen

Wenn es ums Melden nach dem ersten Date geht, lass das Rollendenken sein. Du musst nicht warten, bis der Mann sich zuerst meldet. Viel wichtiger ist, dass du dich dabei wohl fühlst. Wenn du das Gefühl hast, jetzt ist der richtige Zeitpunkt, dann melde dich, auch wenn es vielleicht gerade nicht 100% "gesellschaftskonform" ist.

5.4 Authentisches Verhalten statt Rollendenken

Verzichte auf Strategiespielchen. Das bedeutet, dich bewusst nicht zu melden, damit der andere sich zuerst meldet. Oder ihn oder sie "zappeln zu lassen", indem du selbst nicht schreibst. Klar, das könnte kurzfristig deine Chancen verbessern, aber langfristig wirst du damit nicht glücklich sein. Bleib dir selbst treu und sei dir deines eigenen Wertes bewusst. Dann musst du den anderen nicht manipulieren. Wenn er oder sie diesen Wert nicht von selbst erkennt, ist es sowieso der Falsche oder die Falsche.

5.5 Wenn er sich nicht meldet – Handlungsoptionen

Wenn er oder sie sich nach dem ersten Date nicht gleich meldet – keine Panik. Es gibt viele Gründe dafür. Vielleicht hat er oder sie gerade viel um die Ohren, sei es Job, Uni, Schule oder Ausbildung. In diesem Fall sei nachsichtig. Vielleicht spielt dein Date auch selbst Strategiespielchen. Dann solltest du ohnehin den Kontakt langsam abbauen.

Es könnte auch persönliche Gründe geben, die ihn oder sie davon abhalten, auf Nachrichten zu reagieren. Oder es besteht einfach kein Interesse. Wenn du wirklich nichts mehr hörst, melde dich noch ein oder zwei Mal nach dem ersten Mal melden, aber lasse mehrere Tage Abstand dazwischen.

Probier auch andere Kommunikationskanäle als die üblichen aus. Das erhöht deine Chancen auf eine Antwort. Sei in den letzten Nachrichten entspannt: "Hey Tobi, wie geht's dir? Lange nichts mehr von dir gehört. Ich hoffe, es geht dir gut. Meld dich mal wieder, wenn du Lust hast. LG." Es gibt einen Grund für das Nichtmelden, und vermeide es unbedingt, den anderen unter Druck zu setzen. Aber mach dir nicht zu viele Hoffnungen. Handeln hat oft einen Grund. Wenn er oder sie nicht reagiert oder sehr distanziert antwortet, ist das oft ein Zeichen, dass er oder sie die Distanz wahren möchte. Wenn du dann nichts mehr hörst, musst du dich irgendwann damit abfinden und das Date abschreiben.

5.6 Gefühle nach dem ersten Date: Verliebt?

Hast du Schmetterlinge im Bauch nach dem ersten Treffen? Herzlichen Glückwunsch, du bist wahrscheinlich verliebt. Sei vorsichtig, besonders wenn du schon länger auf Partnersuche bist. Oft projiziert man alle Erwartungen in den potenziellen Partner. Um nichts zu überstürzen, genieß das Gefühl erstmal und versuche, ihn oder sie weiter kennenzulernen. Versuche ein neues Treffen zu arrangieren, aber lass es in der ersten Nachricht nach dem ersten Date nicht zu schnell raus, wie du dich fühlst. Lass dir damit noch etwas Zeit.

6 Männer Special

Das nächste Special richtet sich an Frauen, die neugierig darauf sind zu erfahren, wie Männer ein erstes Date sehen und worauf sie so achten. Dafür haben wir verschiedene Männer aus allen Altersklassen befragt, und hier sind die Infos, die dabei rausgekommen sind.

6.1 Die Erwartungen von Männern beim ersten Date

Männer haben in der Regel so ihre eigenen Vorstellungen davon, wie das erste Date ablaufen soll. Hier sind ein paar Beispiele, wo Männer ihre Prioritäten setzen und was sie eigentlich wollen.

Das Thema Exfreunde. Es ist wichtig, dass du nicht die ganze Zeit vom Exfreund oder alten Flammen erzählst. Denn die meisten Männer denken dann, dass sie nicht an erster Stelle stehen, sondern jemand aus der Vergangenheit. Das kann für den Dating-Partner ein Zeichen sein, dass du mit der Vergangenheit noch nicht ganz abgeschlossen hast. Außerdem finden viele Männer das Thema nach einer Weile einfach etwas nervig. Schließlich hat man sich getroffen, um sich kennenzulernen und nicht, um über den Ex zu sprechen. Natürlich kann das Thema angesprochen werden, aber wenn, dann sollte es im Rahmen bleiben.

Die Sache mit der Bekanntheit. Die meisten Männer mögen es nicht so gerne, wenn du jeden zweiten Gast oder Kellner mit Vornamen begrüßt. Das lässt schnell den Gedanken aufkommen, dass du dich offensichtlich nicht zum ersten Mal mit der Männerwelt beschäftigst. Männer mögen es, die Hauptrolle zu spielen, auch wenn sie wissen, dass sie wahrscheinlich nicht der erste Freund wären. Aber allein die Vorstellung, die Nummer eins zu sein, ist schon viel wert. Vermittle dieses Gefühl.

Das Handy bleibt in der Tasche. Auch wenn viele Frauen ständig mit ihrem Smartphone beschäftigt sind, ist das für eine gute Unterhaltung eher kontraproduktiv. Es mag Situationen geben, in denen ein Blick auf das Smartphone sinnvoll ist, zum Beispiel für die Terminfindung zum zweiten Date. Aber in diesem Fall betrifft es beide und nicht nur dich. Lass beim ersten Date dein Smartphone in der Tasche oder schalt es am besten sogar aus.

Ein angemessenes Outfit. Mit dem Outfit kann eine Frau schnell über das Ziel hinausschießen. Denn zu aufreizende Kleidung kann nicht nur bedeuten, dass du dem Verabredungspartner gefallen möchtest, sondern auch, dass du Wert darauf legst, gut für das Umfeld auszusehen. Denk also gut über deine Kleiderwahl nach, um weder als leicht zu haben noch als Mauerblümchen zu gelten. Eine Mischung aus schick und sportlich ist wahrscheinlich die beste Wahl.

Übermäßiger Alkoholkonsum. Vermeide es, dich zu sehr zu betrinken und dann von deinem Liebesleben zu erzählen. Das zeigt nicht nur, dass du gerne mal trinkst, sondern auch, dass du unter Alkoholeinfluss Dinge ansprichst, über die du vielleicht sonst nicht sprechen würdest. Es ist außerdem kontraproduktiv, gleichzeitig über den Exfreund herzuziehen. Betrunkene Frauen gelten für viele Männer vielleicht als leicht zu haben, aber die wenigsten finden eine betrunkene Frau wirklich attraktiv.

Nicht automatisch davon ausgehen, dass er zahlt. Wenn du automatisch davon ausgehst, dass der Mann zahlt, wirkt das auf viele Männer arrogant. Hier finden viele es angebrachter, sich einfach vorher abzustimmen. Die Alternative ist, dass der Mann vorher offiziell eine Einladung ausspricht. Solange das nicht geklärt ist, sollte eine Frau nicht selbstverständlich davon ausgehen, dass der Mann bezahlt.

Dass sie weiß, was sie will. Ein gesundes Selbstbewusstsein mit einer gewissen Zielstrebigkeit wirkt nicht nur bodenständig, sondern kann auch sehr sexy sein. Natürlich ist damit ein gewisses Maß gemeint. Wenn du sofort die dominante Rolle übernimmst, kann sich das auch negativ auswirken. Sei dir also bewusst, was du willst, aber vermeide es, dabei arrogant zu wirken.

Dass sie nicht rumnörgelt. Eine dauerhaft negative Einstellung oder permanentes Rumgenörgel wirken auf viele Männer ebenfalls unsexy. Besonders dann, wenn du an allem und jedem etwas auszusetzen hast und das Genörgel einfach nicht aufhört. Das kann Essen, die Location, die Arbeit oder sogar das Wetter betreffen. Es gibt schließlich auch positive Dinge, über die man reden könnte. Auch wenn du gerne meckerst, reduziere es nach Möglichkeit beim ersten Date.

6.2 Aufmerksamkeit bei Männern: Worauf achten sie

Vor allem, wenn man sich vorher noch nie gesehen hat, fragt man sich oft, worauf eigentlich geachtet wird. Hier ist eine Liste, die sozusagen die Reihenfolge der Dinge festlegt, auf die Männer beim ersten Date am meisten bzw. als erstes schauen:

1. Das Gesicht
2. Der Körper
3. Der Style
4. Die Augen
5. Der Hintern
6. Die Brust
7. Die Intelligenz
8. Die Persönlichkeit
9. Die Lebensfreude
10. Der Humor
11. Die Natürlichkeit
12. Die Manieren

Natürlich können die einzelnen Punkte auch mal durcheinander geraten, aber normalerweise sind das die Bereiche, auf die Männer beim ersten Date am meisten achten.

Danke!

Ein erstes Date zu haben, ist eigentlich keine alltägliche Situation und sollte deshalb mit ein paar Überlegungen angegangen werden.

Schließlich gibt es so einiges, was man falsch machen könnte. Aber wenn du ein paar der besprochenen Tipps im Hinterkopf behältst und dazu noch mit einem gesunden Selbstbewusstsein auftrittst, stehen die Chancen gut, dass es zu einem zweiten oder dritten Date kommt.

Das Wichtigste dabei ist, dass du einfach du selbst bleibst und keine innere Maske aufsetzt. Je natürlicher du dich verhältst, desto entspannter wird dein erstes Date. Wenn du dich verstellst, müsstest du das vielleicht in einer sich entwickelnden Beziehung fortsetzen, um deinem Partner weiterhin zu gefallen. Auf Dauer wird das wahrscheinlich nicht klappen und es wird dich vermutlich auch nicht glücklich machen. Das sollte nicht dein Ziel sein.

Ich wünsche dir dafür viel Erfolg! Wenn du noch Fragen hast, kannst du dich natürlich jederzeit über Instagram an mich werden @ein_poet_official. Ich versuche, alle Anfragen zeitnah zu beantworten.

Das Gesetz der Anziehung
3 Stunden Online Kurs mit mir

Das Gesetz der Anziehung besagt, dass Gleiches: Gleiches anzieht. Mit anderen Worten: Das, worauf du deine Aufmerksamkeit richtest, ziehst du in dein Leben. Dieser Kurs bietet dir nicht nur ein tiefes Verständnis dieses Gesetzes, sondern auch praktische Anleitungen, wie du es bewusst nutzen kannst, um positive Veränderungen in verschiedenen Lebensbereichen zu manifestieren.

 **Mehr Infos**

**Spare 20% mit POET20 beim Kauf.
Rabatt gibt es nur in Kombination mit diesem Buch!**

Scan mich!

Hier findest du noch ein bisschen Poesie!

Ich liebe dich.
Aber mich selbst
liebe ich noch mehr.

Ich wünschte,
die Erinnerungen würden mit
denen verblassen, die sie
geschaffen haben.

Diesen Sommer hoffe ich,
dass du Zeit findest,
glücklich zu sein.
Nicht nur stark.

Ich habe nie gelernt,
ein wenig zu geben;
denn wenn Liebe ein Regentropfen wäre,
würde ich Tsunamis erzeugen.

Jeder Herzschmerz
ist eine weitere Erinnerung daran,
dass du derjenige bist,
der entkommen ist.

Eines Tages wirst du erkennen,
dass du nicht das Problem bist.
Deine Liebe ist schön
und deine Absichten sind rein.

Aber du gibst dein Bestes den falschen Leuten,
und das ist der Grund,
warum es dich kaputt macht.

Bevor dieser Monat vorbei ist.
Gott wird alles,
was du verloren hast,
durch etwas viel Besseres ersetzen.

Die Liebe ist nur ein Ozean,
in dem das Herz über Wasser bleibt
und der Verstand ertrinkt.

Ich verspreche,
dass ich nie wieder
Menschen hinterherrennen werde,
nie wieder Dinge tun werde,
um anderen zu gefallen,
und nie wieder einen Menschen so schnell an mich heranlassen
werde,
der oder die mich ausnutzen könnte.
Nie wieder. Versprochen.

Gut, dass du es dir endlich selbst versprochen hast.

Keine Sehnsucht nach dir zu haben,
das kann ich nicht lernen.
Aber vielleicht gelingt es mir,
dich so leise zu vermissen,
dass ich meinen Atem wiederfinde.

Die Monate vergehen.
Die Jahre vergehen wie im Flug.
Alles verändert sich.
Dich zu lieben war die
einzige Konstante.

Ich mag Menschen nicht,
die alle guten Dinge über
dich hinterfragen und anzweifeln,
 aber ohne einen zweiten
Gedanken alles Schlechte sofort glauben...

Wenn das Leben dich
an eine Stelle bringt,
an der du deine Geschichte
nicht ändern kannst,
dann lass dein Herz der Autor sein.

Manchmal trifft jemand eine
Entscheidung mit dem Kopf und
stellt dann später mit dem Herzen
fest, dass sie falsch war.
Deshalb kommen einige Menschen
wieder zurück...

Sie hört dein Klopfen,
aber sie kann dich (noch)
nicht rein lassen,
denn der letzte hat sie
fast umgebracht...

Gib niemandem die Macht,
einen Menschen aus
dir zu machen,
den du nicht magst..

Du wirst das,
was du jemandem angetan hast,
so lange nicht verstehen,
bis dir jemand genau dasselbe antut.
Aus diesem Grund existiert Karma.

Der Grund,
warum Gott ihn aus deinem
Leben entfernt hat, ist vielleicht,
weil du für einen guten Mann
gebetet hast und er einfach
nicht der richtige für dich ist.

Eines Tages wirst du
jemanden treffen,
der dir das Gefühl geben wird,
endlich angekommen zu sein.

Wenn man in einer Beziehung ist,
glaubt man oft, dass sie für immer
halten wird. Doch in Wirklichkeit
hält sie nur so lange, wie beide
Partner dasselbe fühlen, dasselbe
geben und die gleiche Liebe empfinden.

Mit dir fühle ich mich
überall wie an einem Ort,
an dem ich noch nie war,
und gleichzeitig
wie zu Hause.

Sei ein guter Mensch,
aber verschwende nicht
deine Kraft damit,
es schlechten Menschen
beweisen zu müssen.

Sei immer vorsichtig mit dem,
was du über eine Frau hörst.
Gerüchte kommen entweder
von einem Mann, der sie nicht
haben kann, oder von einer Frau,
die ihr nicht das Wasser reichen kann.

Mama hat mir immer gesagt:
"Es ist in Ordnung, das Gute
in jemandem zu sehen,
aber benutze das niemals
als Entschuldigung für jemanden,
der dich nicht gut behandelt."

Viele Menschen suchen heutzutage
nicht unbedingt nach einer traditionellen,
festen Beziehung, sondern nach jemandem,
der sich wie ein fester Partner verhält und
ihnen treu bleibt, während sie sich gleichzeitig
mit anderen vergnügen können.

Sie möchten die Vorteile einer Beziehung
genießen, aber auch die Freiheiten eines
Singles haben. Genau das ist ein Problem
in dieser Generation.

Ein Problem in Beziehungen
heutzutage ist, dass oft alle
Freunde von den Problemen
in der Beziehung wissen,
nur der Partner selbst nicht,
da oft nicht ausreichend
miteinander geredet wird.

Wenn du nicht möchtest,
dass jemand, den du liebst,
sich auf jemand anderen einlässt,
dann vermittele diesem Menschen
nicht das Gefühl, dass er anderswo
glücklicher sein könnte.

Der wahre Grund, warum du traurig bist?
Weil du an Menschen hängst,
die dich immer wieder verletzen.

Du kümmerst dich um Menschen,
die dich ignorieren.

Du investierst Zeit in Menschen,
die für dich zu beschäftigt sind.

Du vertraust diesen Menschen immer wieder,
obwohl du weißt,
dass du es eigentlich nicht tun solltest.

Lass dir niemals zweimal
von einem Mann zeigen,
dass er dich nicht will.

Wenn du deine Partnerin liebst,
ist es wichtig, gut auf sie
aufzupassen und ihr zu zeigen,
wie wichtig sie für dich ist.

Wenn du dazu nicht bereit bist,
ist es besser, Single zu bleiben
und dich um dein eigenes Leben
zu kümmern. Das erspart ihr
eine Enttäuschung und dir Zeit.

Niemand macht mehr Enttäuschungen
durch als eine gute Frau, die aus
Liebe bereit ist, alles für den
falschen Mann zu tun.

Höre auf, Menschen zu brauchen,
die dich nicht brauchen, Menschen
zu wollen, die dich nicht wollen, und
Menschen zu lieben, die dich nicht lieben.

Ich bereue es, dass ich mich
einigen Menschen geöffnet
habe, denn sie haben es nicht
verdient, mich so gut zu
kennen.

Anstatt jemandem einfach nicht
mehr zu schreiben und sich nicht
mehr zu melden oder sich abweisend
zu verhalten, ist es besser, offen und
ehrlich zu sein. Wenn du beschäftigt
bist, sag es. Wenn du keine Lust oder
Kraft zum Schreiben hast, sag es.
Wenn du nicht mehr interessiert bist,
dann sei offen und sag es einfach.

Achte darauf, wie du eine gute Frau behandelst, denn sie wird dich mehr als alles andere lieben. Sie wird loyaler sein als die Frauen aus deiner Vergangenheit und dir den Rücken stärken, wenn sich andere von dir abwenden. Sie wird viel ertragen und oft viel zu lange an deiner Seite bleiben. Sie wird immer für dich da sein und dich vielleicht hundert Mal zurücknehmen, aber es wird einen Punkt geben, an dem das nicht mehr der Fall sein wird. Also sei achtsam und behandele eine gute Frau gut.

Ich muss dich nicht
blockieren, denn ich
möchte, dass du siehst,
was du verloren hast.

Hör auf, dir eine Zukunft mit
einer Person auszumalen, die
nur schöne Worte, leere
Versprechen und viele
"Wenns" und "Abers" mit sich
bringt.

Halte Abstand von Menschen,
die ihre eigenen Fehler nie
erkennen und dir immer
einreden wollen, dass du
derjenige bist, der fehlerhaft
ist.

Die Zeit wird enthüllen,
wessen Verlust es war und
wessen Glück es war, dass es
mit euch beiden nicht
funktioniert hat.

Trennungen und Scheidungen
sind keine Tragödien. Die
wahre Tragödie liegt darin,
langsam in einer unglücklichen
Beziehung zu verenden.

Manchmal schießen
Erinnerungen in deinen Kopf,
finden ihren Weg in dein Herz
und rollen schließlich als
Tränen über dein Gesicht.

Hör niemals auf, ein guter
Mensch zu sein, auch wenn du
manchmal Menschen
begegnest, die dich am Guten
zweifeln lassen.

Vertraue nie einer Person, die
dich mehr als zwei Mal im
Stich gelassen hat. Das erste
Mal war eine Warnung. Das
zweite Mal ist eine Lektion,
und alles andere danach ist
einfach nur Ausnutzung.

Hör auf, deine Zeit mit
Menschen zu verschwenden,
die dich an einem Tag gut
behandeln und am nächsten
Tag so tun, als würdest du
nicht existieren.

Habe Hoffnung, aber niemals
Erwartungen, denn dann
erlebst du vielleicht Wunder,
aber niemals Enttäuschungen.

Wenn jemand deine Gefühle
nicht erwidert, dann bettle
nicht um seine Liebe und
warte nicht darauf, dass der
andere sich vielleicht für dich
entscheidet. Triff deine
eigenen Entscheidungen, denn
wenn etwas nicht sein soll, hat
das seinen Grund. Sinnlose
Kämpfe machen nur müde..

Meine bisherigen Beziehungen
haben nicht funktioniert, weil
man immer von mir erwartet
hat, dass ich dumm und blind
bin, und das kann ich einfach
nicht.

Manche Menschen erkennen
erst zu spät, wie sehr sie geliebt
wurden und wie undankbar
und unachtsam sie waren. Sie
erkennen erst dann, wie groß
das Herz war, das ihnen für
immer treu bleiben wollte.

Es ist seltsam, wie wir Menschen manchmal handeln. Obwohl wir wissen, dass wir von jemandem nichts erwarten sollten, hoffen wir dennoch auf das Unerwartete. Und wenn unsere Erwartungen nicht erfüllt werden, sind wir überrascht und enttäuscht. Es ist wie das Laufen in einen Sturm und sich dann darüber zu wundern, dass er unser Leben durcheinander bringt. Wir sind komplexe Wesen mit widersprüchlichen Emotionen und Hoffnungen, die uns manchmal dazu bringen, gegen unsere eigenen Vernunft zu handeln.

Die Paare die füreinander bestimmt sind,
werden alles durchstehen. Jeden Sturm,
jedes Gerücht, jede Intrige und sie
werden alle Phasen meistern, die ihren
Zusammenhalt prüfen...

Und Paare die einfach nicht sein sollen,
werden beim ersten Windstoß
auseinander fallen...

Ich werde immer gut zu jedem Menschen
sein, egal wie viele Fehler dieser auch
gemacht hat, nicht aus Naivität oder
Dummheit, sondern aus Menschlichkeit.
Denn mein Herz wird niemals schlecht
sein, egal wie viele herzlose und schlechte
Menschen mir über den Weg laufen.

Es gibt nichts Besseres, als ruhig zu
bleiben in einer Situation, in der jeder
von dir erwartet, dass du die
Beherrschung verlierst.

Wenn jemand dich nicht
respektiert oder schlecht mit dir
umgeht, dann stimmt etwas mit
ihm nicht, denn gute Menschen
haben nicht die Absicht, andere
zu verletzen.

Du kannst eine Frau nicht
jedes Mal loslassen und
erwarten, dass ihre Liebe zur
dir immer noch dieselbe
bleibt.

Lass nicht zu, dass Einsamkeit
dich dazu bringt, wieder Zeit
mit giftigen Menschen zu
verbringen. Du solltest kein
Gift trinken, nur weil du
durstig bist.

Sie tun so, als wärst du das
Böse, damit sie sich nicht für
all die Dinge schuldig fühlen,
die sie dir angetan haben.

Ich denke, dass man die wahre
Liebe im Leben nur einmal
findet. Alles andere waren nur
Versuche, um noch einmal
diese wahre Liebe zu spüren.

Du bist nur verrückt in den
Augen von Menschen, die
dich nicht manipulieren
können.

Du musst endlich begreifen,
dass nicht jeder dazu bereit
ist, dasselbe für dich zu tun,
wie du für sie.

Es gibt keine Beziehung ohne
Streit, aber man kann
gemeinsam eine Beziehung
aufbauen, die es wert ist, sich
immer wieder zu versöhnen.

Am Ende erinnern wir uns
nicht an den schönsten
Körper oder an die Person,
die am meisten Geld verdient
hat, sondern an diejenige mit
dem größten Herz und der
schönsten Seele.

Du kannst keine ernsthafte
Beziehung führen, wenn der
Kopf und das Herz noch bei
jemand anderem sind...

Vielleicht hast du keine Angst
davor, verletzt zu werden.
Vielleicht hast du Angst
davor, dass es mit euch
funktioniert und du nicht
damit umgehen kannst, weil
all das Drama aus den
anderen Beziehungen dich
auf eine Art und Weise
verstört hat.

Die mutigste Entscheidung,
die du jemals in deinem
Leben treffen wirst, wird sein,
loszulassen, was deiner Seele
wehtut.

Kämpfe niemals um Liebe,
Aufmerksamkeit oder
Zuneigung. Wenn es dir nicht
freiwillig gegeben wird, dann
ist es nichts wert.

Sei ein guter Mensch, aber
verschwende nicht deine
Kraft damit, es schlechten
Menschen beweisen zu
müssen.

Früher oder später bekommt
jeder das zurück, was er
anderen Menschen angetan
hat. Sei einfach geduldig und
lehne dich zurück. Das Karma
kommt dann, wenn es
niemand erwartet.

Du kannst niemals gut genug
für alle Menschen sein, aber
du wirst immer die beste
'Partie' für diejenigen sein, die
dich zu schätzen wissen und
sich jedes Mal von ganzem
Herzen freuen, dich
wiederzusehen. Und nur das
zählt..

Entscheide dich für den Menschen,
der sich darum bemüht, dich sehen
zu können, dich sprechen zu können,
dir auch mal zuerst schreibt oder dir
einen schönen Text sendet. Und gib
nicht immer den Menschen deine
Aufmerksamkeit, denen du nur in
den Sinn kommst, wenn sie keine
andere Wahl haben.

Ich habe es nie bereut, Menschen
Gutes getan zu haben, die sich später
von mir entfernt haben. Viele haben
es nicht verstanden, andere haben
einfach von meiner Gutmütigkeit
profitiert. Aber ich werde weiterhin
mein Herz in alles legen, was ich tue,
denn ich weiß, dass das Leben früher
oder später alles zurückgibt.

Ich möchte keine
funktionierende Beziehung.
Ich möchte fühlen, lieben,
lachen, weinen, streiten und
lebendig sein. Aber nicht
funktionieren.

Bitte niemals einen
Menschen um die Dinge,
von denen du weißt, dass du
sie verdienst. Der richtige
Mensch wird dir alles geben,
was du verdienst, und all das,
was du nicht einmal
kanntest.

Festhalten ist laut.
Loslassen ist leise.
Achte darauf,
wenn jemand leise wird.

Anstatt immer deine Tränen
wegzuwischen, wisch die
Leute weg, die für diese
Tränen verantwortlich sind.

Ich werde nie verstehen wie
manche Menschen anderen
bewusst weh tun können,
aber nachts trotzdem ruhig
und mit reinem Gewissen
schlafen können, während
andere wegen ihnen wach
liegen, traurig sind und
weinen.

Ich halte nichts mehr fest, was nicht
mehr bei mir sein will. Ich bettle
nicht mehr um Zuneigung und liebe
Worte. Wer bleiben will, bleibt. Wer
gehen will, geht. Ich habe stolz, ich
bin wertvoll, ich habe Herz und
Verstand. Ich brauche niemanden,
der mich das Gegenteil glauben lässt.

Liebe erlischt nicht einfach. Sie
erstickt langsam. Begraben unter
Unachtsamkeit, Alltagssorgen,
Lieblosigkeit und Desinteresse.

Bring mich niemals in die
Situation, in der ich dir
zeigen muss, wie kalt mein
Herz sein kann.

Manchmal merkst du erst,
wie kaputt deine letzte
Beziehung war, wenn du
sie jemand anderem von
Anfang bis zum Ende
erzählst.

Manche Frauen haben zu viel Zeit
mit dem falschen Mann und seinen
Lügen verbracht, so dass wenn sie
irgendwann dem richtigen Mann
begegnen, die Wahrheit für sie wie
eine Lüge klingt und aufrichtiges
Verhalten sich wie Manipulation
anfühlt.

Missbrauche niemals die Geduld
gutmütiger Menschen, es sind die
Menschen, die hunderte Male
vergeben können, aber auch
diejenigen, die wenn sie entschieden
haben loszulassen niemals mehr
zurückkommen.

Wenn dich jemand immer
wieder verletzt, frage dich
nicht, warum er das tut,
sondern warum du es
immer wieder zulässt.

Entweder du sprichst es aus
und riskierst alles zu
zerstören oder du frisst es in
dich rein und zerstörst dich
selbst.

Wenn ich auf mein Leben
zurückblicke, sehe ich Schmerz,
Fehler und viele Probleme.
Aber wenn ich in den Spiegel
schaue, dann sehe ich einen
starken Menschen, der das
Leben trotzdem meistert.

Mich zu mögen ist
nicht deine Aufgabe,
sondern meine.

Ich sitze nicht mehr
an Tischen, wo ich
Thema sein könnte,
wenn ich aufstehe.

Weine nie um jemanden, der
dir Schmerzen bereitet. Lächle
einfach und sage: „Danke, dass
du mir die Chance gibst, einen
Besseren als dich zu finden."

Den Menschen fällt auf, wenn
sich deine Haltung ihnen
gegenüber geändert hat. Aber
sie merken nicht, dass ihr
eigenes Verhalten dazu geführt
hat.

Verbringe deine Zeit mit
Menschen, die dich
bedingungslos lieben und nicht
mit denen, die dich nur lieben,
wenn du ihre Bedingungen
erfüllst.

Eifersucht entsteht, wenn man
zu oft verletzt wird. Nicht weil
man nicht vertraut, sondern
aus Angst, die scheiße nochmal
erleben zu müssen.

Das Leben hat mir gezeigt, dass man
Loyalität nicht kontrollieren kann. Egal wie
gut du zu Menschen bist, es bedeutet nicht,
dass sie dich genauso behandeln. Egal wie
wichtig sie sind, es bedeutet nicht, dass sie
dich genauso wertschätzen. Manchmal sind
es die Menschen, die du am meisten liebst,
denen du am wenigstens trauen kannst.

Verdammt seltsam, wie manche
Menschen erwarten, dass du
etwas akzeptierst, mit dem sie
selbst nicht einverstanden
wären, wenn du es tun
würdest...

Wenn dir jemand vorwirft, dass
du dich verändert hast, meint er
damit, dass du aufgehört hast
dein Leben nach seinen
Vorstellungen zu Leben.

Kennst du das? Du Lächelst einfach, auch wenn du gerade innerlich zerbrichst. Auf die Frage „Wie geht es dir?" antwortest du automatisch „Gut". Von Tag zu Tag distanzierst du dich nur noch mehr und wirst kälter und kälter. Du würdest am liebsten weinen und alles erzählen, stattdessen schluckst du alles runter, wischst dir die Tränen vom Gesicht, setzt dein schönstes Lächeln auf und kämpfst einfach weiter...

Das Leben ist viel zu kurz,
um sich immer wieder über
dieselben Menschen
aufzuregen. Verbrenne die
Brücken, die zu ihnen führen
und lebe glücklich und in
Frieden dein Leben.

Verlasse den Mann, der
denkt, dass du versuchst
einen Streit anzufangen,
wenn du ausdrückst, wie du
dich fühlst. Er muss noch
etwas wachsen.

Eines Tages wirst du jemandem begegnen und
alles wird einfach Sinn ergeben.
Du wirst endlich begreifen warum jede andere
Beziehung nicht funktioniert hat, warum
niemand sonst jemals gut genug für dich war.

Dir wird klar, warum Du immer das Gefühl
hattest, dass etwas fehlt. Dir wird klar, warum
diese eine Trennung doch nicht so schlimm war.

Du begreifst das manches nicht hätte sein sollen.
Eines Tages wirst du jemandem begegnen und
alles wird endlich einen Sinn ergeben.

Wenn du mit jemandem zusammen
bist, den du ständig erziehen musst,
weil er nicht weiß, wie man sich in
einer Beziehung verhält, dann ist das
ermüdend. Und was ermüdend ist,
kann dich niemals glücklich
machen.

Ich habe vielleicht jemanden
verloren, der mich nie geliebt hat.
Aber du hast eine Person verloren,
die dich am ehrlichsten liebte.

Manche Menschen werden
sich nie ändern und damit
muss man Frieden schließen,
in dem man ihnen ein schönes
Leben wünscht und geht.

Ich glaube, ab einem gewissen
Punkt ist es für zwei Menschen
unmöglich, wieder zueinander zu
finden. Vollkommen egal, wie sehr
beide es wollen. Manchmal ist
einfach zu viel geschehen, das nicht
rückgängig gemacht werden kann.

Wenn ein Mensch dich ruhig,
friedlich und fast schon
emotionslos verlässt, dann ist das
so, weil er die Phase des Weinens
und Kämpfens hinter sich gelassen
hat. Und wer dich auf diese Art
verlässt, kommt nicht mehr
zurück, nie wieder.

Ich bin an einem Punkt meines
Lebens angekommen, wo ich keinen
Groll mehr hege und nicht mehr
nachtragend bin. Mein Motto ist
jetzt „Es ist alles gut zwischen uns.
Du hörst wahrscheinlich nie wieder
von mir, aber es ist alles gut zwischen
uns" Denn mein innerer Frieden geht
vor.

Halte Abstand zu den
Menschen, die ihre eigenen
Fehler nie erkennen und dir
immer versuchen einzureden,
dass du derjenige bist, der
fehlerhaft ist.

Es ist nicht deine Pflicht,
jemanden zu wecken, der die
Chance verschlafen hat, um
mit dir glücklich zu werden.

Eine starke Frau, würde niemals
um die Aufmerksamkeit eines
Mannes betteln, der nicht
schlau genug war, ihren Wert
zu erkennen.

Es gibt Menschen, die nicht
verstehen, dass der eine Tropfen,
der das Fass zum Überlaufen
brachte, gar nicht der wahre
Grund ist, dass man nicht mehr
kann oder will, sondern die
unzähligen Tropfen davor.

Es heißt doch, dass alles im Leben
aus einem bestimmten Grund
passiert. Manchmal würde ich
gerne wissen, was der Grund war.

Es stimmt nicht, dass man in der
Wut Dinge sagt, die man nicht so
meint. Wenn man wütend ist,
sagt man Dinge, für die man
sonst nicht den Mut hätte.

Du kannst niemanden dazu
bringen dich mehr zu lieben,
indem du ihm mehr von dem
gibst, was er davor schon nicht
zu schätzen wusste.

Liebe stirbt nicht plötzlich.
Sie erstickt langsam, begraben
unter Unachtsamkeit,
Lieblosigkeit und
Desinteresse.

Liebe nicht zu tief, bis du dir
sicher bist, dass die andere
Person dich mit der gleichen
Tiefe liebt. Denn die Tiefe
deiner Liebe heute ist die
Tiefe deiner Wunde morgen.

Wer die wahre Liebe sucht,
wird sie niemals finden.
Wahre Liebe muss man
aufbauen. Stein für Stein,
Stück für Stück.

Viele Beziehungen enden,
weil sobald eine Person dich
hat, sie aufhört die Dinge zu
tun, die nötig waren, um
dich zu erobern.

Das größte Kompliment,
was du einem Menschen
machen kannst, ist ihn so
zu akzeptieren, wie er ist.

Wenn du anfängst mich zu
vermissen, denk daran,
nicht ich bin weggelaufen,
du hast mich gehen lassen.

Du hast Recht, ich habe mich geändert. Ich habe aufgehört Leuten nachzurennen, denen ich egal bin. Ich habe aufgehört alles für Menschen zu geben, die einen Scheiß für mich tun würden.

Das es nicht funktioniert hat
zwischen euch, lag nicht an dir.
Sieh das mal so, du bist ein
wunderschöner Song für
jemanden gewesen, der Musik
einfach nicht versteht.

Ich habe mein Herz auf der
Zunge, ich nenne Dinge beim
Namen. Und deshalb können
sich manche von meiner
direkten Art angegriffen fühlen.
Ja, manchmal bin ich taktlos,
aber bei mir weißt du immer,
woran du bist.

Das Schicksal trennt niemanden
ohne Grund und das Schicksal
lässt zwei Menschen so oft
begegnen, bis beide begreifen,
dass sie füreinander bestimmt
sind.

Es bringt nichts, eine
Brücke für jemanden zu
bauen, der gar nicht auf
die andere Seite will.

Manchmal benötigt
dein Herz mehr Zeit,
um zu akzeptieren was
dein Kopf schon weiß.

Das Schlimmste, wenn man
belogen wurde, ist nicht die Lüge
an sich, sondern die Erkenntnis,
dass man dem anderen so wenig
Wert war, dass er damit leben
konnte, einem die Wahrheit zu
verschweigen.

Wie oft wartet man darauf,
dass der andere sich meldet,
weil man selbst nicht nerven
will...

Die Vergangenheit bereue ich
nicht, was ich aber zutiefst
bereue, ist die kostbare Zeit, die
ich an Menschen verschwendet
habe, die bewiesen haben, dass sie
keine einzige Sekunde davon
Wert waren.

Öffne nicht nochmal
eine Tür, bei der du so
lange gebraucht hast,
um sie zu schließen.

Hör nicht auf an die
Liebe zu glauben, nur
weil es in deinem Leben
Menschen gab, die dich
nicht lieben konnten.

Ich glaube, dass alles aus einem bestimmten
Grund passiert. Menschen verändern sich,
damit du lernst, jemanden gehen zu lassen.
Dinge laufen falsch, damit du die richtigen
zu schätzen weißt. Die Lügen glaubst du, um
zu erkennen, dass du nicht jedem blind
vertrauen kannst. Und manchmal muss
etwas Gutes vorbei gehen, damit etwas
Besseres folgen kann.

Es ist besser, dein eigenes Herz
zu brechen, indem du gehst,
anstatt dir jeden Tag von einer
anderen Person das Herz
brechen zu lassen.

Besonders schmerzhaft ist es,
sich in Menschen zu täuschen,
für die man die Hand ins Feuer
gelegt hätte.

Ich bin zu reif, um Menschen
beizubringen, was Loyalität ist.
Wenn du nicht weißt was es ist,
dann halte dich von mir fern.

Bring mich niemals in die
Situation, in der ich dir zeigen
muss, wie kalt mein Herz sein
kann..

Es ist nicht richtig, immer alles hinzunehmen.
Denn es gibt Menschen, die verwechseln
Gutmütigkeit mit Schwäche und nutzen dich
aus. Manchmal muss man im Leben einfach
bestimmte Grenzen ziehen. Nicht um
anderen weh zu tun, sondern um sich selbst
vor Verletzungen zu schützen.

Manchmal ist es besser gescheiterte Dinge loszulassen, als immer weiter daran festzuhalten und sich mit ihnen in den Abgrund ziehen zu lassen. Quäle dich nicht, wenn die Beziehung zum Scheitern verurteilt ist. Nicht immer verstehen wir, warum Dinge geschehen. Manchmal müssen wir loslassen, um Platz zu schaffen für neues Glück.

Früher dachte ich, das schlimmste was im Leben passieren könnte, ist am Ende ganz allein zu sein. Ist es nicht. Das schlimmste im Leben ist, am Ende mit Menschen zu sein, welche dir das Gefühl von allein sein geben.

Du kannst „Heiratsmaterial" und die „beste
Frau" der Welt für ihn sein und trotzdem nicht
seine erste Wahl sein. Nicht weil du nicht genug
bist, sondern weil er nicht nach einer Frau wie
dir sucht. Er ist auf der Suche nach Spaß, nach
Optionen, nach Unverbindlichem und nichts
Ernstem. Lass ihn das tun mit wem er will. Aber
nicht mit Dir.

Er hat mich so weit manipuliert, dass ich anfing
Dinge zu glauben, die nie passiert sind. Jedes
Mal, wenn er mich verletzt hat, überzeugte er
mich davon, dass er nur das Beste für mich will
und es deshalb getan hat. Wenn es nach ihm
ginge, war ich die Verrückte und er der
„Normale", der versucht mich zu beruhigen,
obwohl es sein Verhalten war, dass mich zu
dieser „Verrückten" gemacht hat.

Dein nächster ist keine „Steigerung",
nur weil er besser aussieht als der
Letzte. Er ist eine Steigerung, weil er
dich respektvoller behandelt, dich
mehr wertschätzt, dich besser versteht
und ehrlicher liebt als der Letzte.

Manchmal ist das Gewicht, was du verlieren musst, um dich besser zu fühlen, ein anderer Mensch und nicht etwas an deinem Körper.

Du wirst sie verlieren, wenn du nicht
langsam anfängst ihren Wert zu
begreifen. Und ich hoffe du begreifst
es, bevor sie begreift, dass du doch
nicht der richtige für sie bist.

Du wirst im Leben erst viele Türen
öffnen müssen, hinter denen
Schmerz und Enttäuschung auf dich
warten. Bis du eines Tages die Türe
zu dem Raum findest, in den du
hineingehörst.

Es ist sehr enttäuschend, wenn du
jemandem blind vertraust und
dieser Mensch dir dann zeigt, dass
du die ganze Zeit wirklich blind
warst.

Vielleicht sind sie nur zurückgekommen,
um zu sehen, ob du noch dort wartest,
wo sie dich sitzen lassen haben und nicht
aus Liebe zu dir. Denk mal darüber nach,
bevor du bestimmte Menschen wieder in
dein Leben lässt.

Beziehungskompass

Wenn du realisierst, dass du allein
darum kämpfst, dass die Beziehung
bestehen bleibt, dann musst du der
Wahrheit ins Auge sehen und diese ist,
dass die Beziehung keine Zukunft hat.

Entscheide dich niemals für
jemanden, der zweimal
darüber nachdenken muss,
ob er sich für dich
entscheiden soll.

Selbst wenn Menschen wissen,
was dich in der Vergangenheit
gebrochen hat, hält es sie nicht
davon ab, dasselbe mit dir
abzuziehen... Pass auf, wem du
Eintritt in dein Leben
gewährst...

Ich habe es nie bereut, Menschen
Gutes getan zu haben, die sich
später von mir entfernt haben.
Viele haben es nicht verstanden,
andere haben einfach von meiner
Gutmütigkeit profitiert. Aber ich
werde weiterhin mein Herz in alles
legen, was ich tue, denn ich weiß,
dass das Leben früher oder später
alles zurückgibt.

Manchmal ist die eiserne Kälte da
draußen die uns umgibt, doch
noch wärmer als manche Herzen...

Tu mir doch bitte einen Gefallen und bewerte dieses Buch auf Amazon.de. Scanne dazu einfach diesen QR Code mit deiner Handykamera:

Printed in Poland
by Amazon Fulfillment
Poland Sp. z o.o., Wrocław
06 February 2024